COLLECTION FOLIO

Marie d'Agoult

Premières années
(1806-1827)

ÉDITION ÉTABLIE ET PRÉSENTÉE
PAR MARTINE REID

Gallimard

Femmes de lettres

NOTE SUR LE TEXTE

« Premières années (1806-1827) » constitue la première partie de *Mes Souvenirs* (Paris, Calmann-Lévy, 1877). Le nom de Daniel Stern figure sur la page de titre, suivi de la mention « Madame d'Agoult » indiqué entre parenthèses.

Nous reprenons le texte de cette édition, du chap. II au chap. XVII (p. 12-248), en en corrigeant les coquilles manifestes et les habitudes typographiques obsolètes. Les quelques coupures effectuées dans l'ensemble, pour des raisons de calibrage du volume, sont indiquées en leurs lieu et place.

Les notes de l'auteur sont appelées par un astérisque (les renvois aux appendices de l'édition originale ont été maintenus ; leur contenu est explicité entre crochets), celles de l'éditrice par un chiffre arabe.

PRÉSENTATION

De Marie d'Agoult, le peintre suisse Henri Lehmann a laissé un portrait célèbre datant de 1843 (Ingres, Chassériau, Devéria, Calamatta et Bartolini en feront autant). Il montre une jeune femme au profil racé et à la silhouette élégante, enveloppée de fines dentelles et de fourrures ; teint pâle, œil gris perle, nez aquilin, cheveux châtains tressés en coques sur l'oreille signent sans équivoque son histoire et son appartenance sociale. Enfance dorée, bref passage par un couvent parisien, beau parti, grand mariage : fille d'un aristocrate breton et d'une riche jeune femme originaire de Francfort, Marie de Flavigny épouse en 1827, à l'âge de vingt-deux ans, le comte d'Agoult, colonel à la retraite de l'entourage de Charles X. Elle en aura deux enfants.

Franz Liszt apparaît ensuite, en décembre 1832. À l'occasion d'un concert à Paris chez l'une de ses amies, Marie d'Agoult fait la connaissance du compositeur, virtuose du piano, de six ans son cadet : « Dès le premier instant j'eus la révélation d'une nature souverainement grande ; je sentis, qu'invinciblement attirée, mon âme allait se perdre, s'abîmer dans la sienne. » Elle devient bientôt sa maîtresse, puis, après deux ans de liaison secrète, se trouve enceinte de lui et fuit à Bâle où elle le retrouve. Les années qui suivent, de

1835 à 1839, ressemblent à un rêve : la passion unissant une aristocrate hautaine qui a tout quitté pour un jeune musicien de génie est dans toutes les bouches ; on commente, jusque dans la presse, leur refus des convenances, leur vie de bohème à travers la Suisse et l'Italie, leurs enfants élevés à la diable, parfois loin d'eux. Les amants ne semblent vivre que pour eux-mêmes et pour l'amour de l'art, comme si, vrais personnages de roman passés dans la vie réelle, ils se devaient d'illustrer toutes les théories romantiques alors en vogue.

Affaire de génération. Celle qui a lu Rousseau et Bernardin de Saint-Pierre, Chateaubriand, Byron et Lamartine, semble ne rêver que de grande nature et de folles passions vécues sur le mode de l'embrasement mystique ; « enivrée de breuvages amers », elle exhibe aussi avec orgueil une mélancolie qu'elle réclame comme un mal nécessaire à l'art, placé plus haut que tout et synonyme de liberté : « On voulait tout réformer... le théâtre, la poésie, la musique, la religion et la société. Tout cela était fébrile, maladif, mais généreux », se souviendra Marie d'Agoult. Les quelques jeunes *lions* en vue ont alors pour nom Hugo, Vigny, Musset, Sue, Balzac ou Gautier ; les *lionnes* ne sont pas en reste, parmi lesquelles Delphine de Girardin, qui va bientôt s'illustrer comme chroniqueuse de la vie parisienne après avoir été poétesse inspirée sous la Restauration, et George Sand, qui, en particulier depuis *Lélia* (1836), jouit d'une réputation sulfureuse. En 1840, Joseph Danhauser peint *Liszt au piano* : le musicien est au piano devant une statue de Beethoven, Marie est représentée de dos, à ses pieds ; assise dans un grand fauteuil, George Sand, rêveuse, tend une main nonchalante à Alexandre Dumas ; derrière eux Hugo, Rossini et Paganini. La scène est improbable mais elle dit la notoriété de quelques grandes figures du romantisme européen.

C'est à Liszt que revient l'idée de présenter sa compagne à George Sand. Les deux femmes s'adressent d'abord quelques lettres, puis se rencontrent en 1836, se plaisent, se lient sincèrement d'amitié. En Marie, George reconnaît une femme libre, cultivée, polyglotte, musicienne accomplie ; en George, Marie apprécie la femme indépendante, l'artiste de talent, l'amie brouillonne et généreuse qui reçoit avec libéralité dans sa propriété de Nohant. La petite noiraude, « plus petite encore dans les vêtements d'homme qu'elle portait [...] non sans une certaine grâce virile », et la grande blonde diffèrent pourtant essentiellement : plus naturellement douée, George Sand souffre rapidement de la raideur raisonneuse de Marie d'Agoult et de ses poses de femme du monde tandis que cette dernière se montre jalouse de l'ascendant naturel que la forte personnalité de Sand exerce sur tout le monde, Liszt compris, et se déclare choquée de sa conduite (après avoir rompu avec Musset, Sand devient la maîtresse de plusieurs hommes de son entourage avant de rencontrer Chopin). Après quelques jours passés ensemble à Chamonix et quelques semaines idylliques à Nohant au printemps 1837 (Marie en fait état dans son journal, tandis que Maurice Sand, alors adolescent, croque quelques portraits des invités), le retour à Paris sonne le glas de ce qui fut d'un côté une exaltation assez vite déçue, de l'autre une admiration un peu forcée rapidement retombée. « Vous entendez l'amitié autrement que moi, écrira Sand à Marie d'Agoult le 26 novembre 1839, [...] vous ne pouvez pas renoncer à être une belle et spirituelle femme immolant et écrasant toutes les autres, [...] vous n'avez pas assez de fiel pour me barbouiller. »

Toutefois, la rencontre avec George Sand, sa fréquentation, son amitié ont été déterminantes pour Marie d'Agoult, bien plus sans doute que ses écrits autobiographiques ne permettent de le mesurer rétrospectivement. Rentrée à Paris en 1839 puis séparée de Franz Liszt en

1844, c'est Sand que Marie d'Agoult cherche à imiter, qu'elle rêve peut-être même de concurrencer. À la demande d'Émile de Girardin, elle accepte de publier des articles dans *La Presse* et choisit comme Sand un pseudonyme masculin, Daniel Stern. Elle tâte du roman, mais *Nélida*, d'un sentimentalisme assez convenu, ne rencontre que peu de succès lors de sa parution en 1846. La révolution de 1848 fait de Sand, républicaine et socialiste convaincue, « une espèce d'homme politique » au dire d'Alexis de Tocqueville ; elle regagne toutefois le Berry en mai persuadée que la République qu'elle appelle de ses vœux ne verra pas le jour. Marie d'Agoult de son côté accepte les terribles Journées de juin et évoque, dans *Histoire de la Révolution de 1848*, des événements dont le sens et les conséquences ne lui ont pas échappé. Un salon de modérés opposés au régime mis en place par le coup d'État de 1851 se forme bientôt autour d'elle, « un salon véritable, animé d'un même esprit libéral, mais très varié dans ses nuances ». Artistes, intellectuels et hommes politiques s'y retrouvent.

Sur l'une des grandes questions du temps, celle de la condition des femmes, les positions de Marie d'Agoult ne sont pas moins tranchées que celles de George Sand, et, à certains égards, elles sont plus audacieuses. Sand prêche sans relâche l'égalité des sexes dans le respect des différences, horizon utopique de ses romans, mais elle maintient que la femme est faite pour être mère. Dans son *Essai sur la liberté*, Marie d'Agoult consacre un chapitre à la situation de la femme qu'elle analyse sans complaisance : « La loi et les coutumes ne donnent [à l'homme], suivant le rang qu'il occupe dans la hiérarchie sociale, qu'une servante utile ou une esclave gracieuse, observe-t-elle. Il en résulte que ses devoirs envers elle participent plus de la paternité que de la fraternité ou de la conjugalité. [...] [Les hommes] voudraient la loyauté, [...] mais la loyauté suppose la force et la raison, et ils ont retenu la femme dans une faiblesse puérile. » Et de conclure : « Je veux [...] des mères de famille attentives, des ménagères vigilantes et sagement économes, des *femmes fortes* enfin. » Plus tard, dans des fragments qui appartiennent à la dernière partie d'une autobiographie qu'elle ne terminera pas, elle reprend l'argument et condamne « les désirs trompés de l'âme et du corps, la répulsion de la chair et de l'esprit aux étreintes du lien conjugal, la fécondité involontaire de l'indifférence ou de l'aversion ». « Il est faux, quoi qu'on en ait dit, note-t-elle encore, anticipant *Le Deuxième Sexe* de Simone de Beauvoir, que la maternité soit la vocation unique de la femme. Si profond ou si exalté qu'on le suppose en elle, l'amour des enfants ne saurait, à l'exclusion de tous les autres amours, absorber toute sa puissance d'être, ni remplir sa destinée. [...] Différemment, mais aussi complètement que l'homme, la femme est organisée en vue d'une activité rationnelle, dont le principe est la liberté, dont le but est le progrès et dont l'exercice [...] ne saurait être arbitrairement circonscrit. »

C'est sans doute encore à George Sand et à sa monumentale autobiographie intitulée *Histoire de ma vie* (1854-1855) que songe Marie d'Agoult quand, à partir de 1865, elle se met à rédiger ses mémoires. *Premières années* constitue la première partie d'un ensemble intitulé *Mes Souvenirs* ; suivent quatre autres parties, de longueur inégale ; le tout, inachevé, ne sera publié qu'après sa mort. Dans cet ambitieux chantier, l'histoire de soi, par endroits assez originale, le dispute à l'histoire du temps, à laquelle l'autobiographe se montre extrêmement sensible (ses descriptions de la France de la Restauration sont dignes des meilleurs historiens). À un ton ferme et mesuré qui ne perd jamais de vue son objet, à une attention au détail qui donne une réelle vivacité au récit des années d'enfance puis de passion, s'ajoute une remarquable capacité à peindre une société et à la penser, à reconstruire l'état psychologique d'une génération et à le critiquer. Marquée par deux cultures très différentes, Marie d'Agoult semble étrangement partagée entre le rêve et la raison : d'un côté, en vraie « fille de Goethe », elle reconnaît s'enchanter de visions oniriques et de fantasmagories, de l'autre elle analyse et dissèque avec une précision sans concession. « Je ne me suis jamais sentie, à bien dire, ni française ni allemande entièrement, avoue-t-elle dans *Mes Souvenirs* ; mais comme à part, isolée, un peu étrangère, aussi bien dans le pays où j'ai vu le jour que dans celui où la destinée m'a fait vivre ; je devrais ajouter, pour être sincère, étrangère aussi un peu, en mainte occasion, à moi-même et à ceux qui m'ont aimée. »

Avant un mariage de convenance auquel elle se reprochera toute sa vie d'avoir consenti, la dépression qui suit le décès de sa fille Louise, les années de séparation progressive d'avec un homme qu'elle a beaucoup aimé et qui l'a trahie, Marie d'Agoult évoque dans *Premières années* le souvenir d'une enfance et d'une adolescence choyées, tout en restant attentive à la réalité du milieu auquel elle appartient et que caractérisent de fort préjugés nobiliaires, des positions très conservatrices en matière politique (son père est *ultra*), la présence asphyxiante d'une religion qui enseigne le mépris du corps et l'horreur de la sexualité. Écrits « en pleine intégrité de cœur et d'esprit », les Mémoires de Marie d'Agoult révèlent une femme étonnamment libre et déterminée qui, si elle ne possède pas l'enthousiasme et la sensibilité entraînante d'une George Sand, demeure sans conteste l'une de ces femmes fortes dont elle souhaitait la venue.

MARTINE REID

PREMIÈRES ANNÉES
(1806-1827)

II[1]

La maison Bethmann. — Prison et mariage de mon père. — Retour en France. — Ma sœur. — Mes Frères. — Ma naissance. — Les *Enfants de minuit*. — Le démon. — Douceur de mon enfance. — La Touraine et le château du Mortier.

Des circonstances que j'ignore* conduisirent mon père à Francfort-sur-le-Main dans le courant de l'année 1797 et lui donnèrent accès dans la maison de banque des frères Bethmann. Cette maison était la plus considérable de la ville ; elle y exerçait une sorte de souveraineté, par ses grandes richesses, par sa bonne renommée, et aussi par sa pure saveur de protestantisme, qui la distinguait, aux yeux prévenus de la population luthé-

1. Le premier chapitre est essentiellement consacré au père de Marie d'Agoult, Alexandre de Flavigny, et à l'histoire de sa famille ; né en 1770, ce dernier est officier dès l'âge de douze ans et, à la Révolution, rejoint l'armée des princes qui s'est formée à Coblence ; c'est en Allemagne qu'il fera la connaissance de sa future femme.

* J'apprends seulement aujourd'hui quelles furent ces circonstances : le prince Louis de La Trémoïlle, ayant reçu commission de l'Angleterre de lever en Allemagne un régiment destiné à l'armée de Condé, fit donner à mon père le brevet de lieutenant-colonel et le chargea d'organiser ce régiment. Ce fut à cette occasion que mon père vint habiter Francfort. (*Note écrite en juin 1870.*)

rienne, des catholiques et surtout des Juifs, dont la place de Francfort était, à cette époque, encombrée.

Le protestantisme des Bethmann remontait à la réforme des Pays-Bas. Aux temps des persécutions religieuses, ils avaient quitté la Hollande, où ils étaient établis, et s'étaient réfugiés sur le territoire de Nassau. C'est de là que, dans la première moitié du XVIIIe siècle, Johann-Philipp Bethmann vint à Francfort, appelé par un oncle maternel, du nom d'*Adami*, qui lui légua sa fortune et son négoce, assez important déjà. Johann-Philipp, avec son plus jeune frère Simon-Moritz, fonda, en 1748, sous la raison *frères Bethmann*, une maison de banque dont l'accroissement fut rapide. Ayant survécu à ce frère, qui n'avait pas eu d'enfants, Johann-Philipp, devenu conseiller et banquier impérial, laissa aux siens, à sa mort, en 1793, un grand héritage. De son mariage avec Catherine Schaaf, il avait eu trois filles et un fils. Ce dernier, Simon-Moritz, dont le génie pour les affaires devait être secondé par les plus heureuses circonstances, allait bientôt donner à sa maison une extension et un éclat tout à fait extraordinaires. Les trois filles avaient fait de bons mariages. La seconde, Marie-Élisabeth, déjà veuve à dix-huit ans d'un associé de son père, Jacob Bussmann, demeurait avec son enfant nouveau-né dans la maison paternelle. Lorsque mon père y vint, il était dans toute la fleur et dans toute l'ardeur de la jeunesse. Il voulut plaire, il y réussit. La jeune veuve allemande fut touchée des grâces de l'officier français. Un projet d'union fut vite formé, mais il ne rencontra pas l'agrément de la famille. Les Bethmann, orgueilleux qu'ils étaient de leurs richesses bien acquises et bien assises, entêtés aussi de protestantisme, de solide importance bourgeoise et municipale, ne pouvaient voir d'un bon œil la perspective d'une alliance avec un étranger, un Français, un catholique, un noble, un émigré, un soldat : de fort jolie figure, il est vrai, et d'esprit à l'avenant, mais qui ne possédait rien que la cape et l'épée, et que la Révolution jetait à tous les vents, à tous les hasards de la mauvaise fortune.

On résolut d'opposer à l'inclination des amants tous les obstacles possibles. La situation d'un émigré autorisait les rigueurs. Sous prétexte d'irrégularité dans son passeport, mon père reçut du magistrat l'ordre de quitter la ville, et, n'en ayant tenu compte, il se vit jeter en prison. Une telle violence, comme il arrive, ne fit que hâter le dénouement. La passion de la jeune veuve s'exalta. Offensée dans l'homme qu'elle aimait, elle alla le trouver sous les verrous. Elle y demeura un assez long temps, puis, rentrée dans sa maison : « Maintenant, dit-elle à sa mère et à son frère aîné, avec une hardiesse qu'on n'avait pas soupçonnée jusque-là sous ses dehors timides, voudra-t-on encore m'empêcher de l'épouser ? » Le mariage, en effet, se célébra sans plus d'opposition, le 29 septembre de l'année 1797.

Mon père demeura avec sa jeune femme en Allemagne ; il fit de longs séjours à Francfort, à Dresde, à Vienne, à Munich, jusqu'au moment où les événements politiques lui rendirent possible le retour dans la patrie.

Bien que la plupart des émigrés fussent rentrés successivement, après le 9 Thermidor, sous le Directoire, et les derniers à la paix d'Amiens[1], mes parents ne s'établirent définitivement en France que dans l'année 1809. Ils achetèrent une terre en Touraine, où mon père exerça envers ses anciens compagnons d'armes, royalistes émigrés ou chefs vendéens, une large hospitalité qui, avec les plaisirs de la chasse et les bonnes relations de voisinage, donnèrent à sa vie le mouvement

1. C'est-à-dire en 1793, à la mort de Robespierre, en 1799 ou en 1802, lors de la conclusion du traité de paix entre la France et l'Angleterre.

que ses opinions et ses traditions lui interdisaient de chercher ailleurs.

En dépit des ouvertures répétées du gouvernement de l'empereur, mon père se refusa toujours à le servir et ne permit pas que ma mère fût attachée à la maison de la reine Hortense[1], où on voulait l'attirer*.

En 1813, mon père obtint l'autorisation d'accepter, du magistrat de Francfort, le titre et les privilèges de citoyen de la ville libre. Du chef de sa mère, et par sa naissance, il était citoyen de Genève ; ce furent là tous ses honneurs.

Malgré ses droits acquis à la faveur des Bourbons remontés sur le trône, mon père, le plus royaliste, mais le moins courtisan de tous les hommes, ne demanda pas d'eux, non plus, la récompense de son dévouement. Sa croix de Saint-Louis, gagnée à l'armée de Condé**, lui suffisait comme témoignage du devoir rempli. Après la Restauration, on ne le vit ni lui ni sa femme à la cour. Il demeura chez lui, simplement, fièrement, assez dédaigneux des princes, toujours prêt néanmoins à reprendre pour eux l'épée au premier péril.

C'est là tout ce qui m'est connu, ou peut s'en faut, de l'existence de mon père, avant le temps où je puis me rappeler sa personne.

Ce temps remonte, autant que je puis croire, à l'année 1812. Mon père avait alors quarante-deux ans. Ses cheveux, depuis de longues années, étaient tout blanchis. Mais, loin de le vieillir, cette neige brillante, tombée en pleine jeunesse sur sa tête blonde, éclairait son

1. La fille de Joséphine de Beauharnais, mariée à Louis Bonaparte en 1802 et reine de Hollande jusqu'en 1810.

* Mademoiselle Cochelet, depuis madame Parquin, lectrice de la reine Hortense, était intimement liée avec mon oncle Bethmann. Elle souhaitait vivement de voir ma mère avec elle dans la maison de la reine, et ne négligea rien pour obtenir, par l'influence de mon oncle, que mon père y consentît.

** Donnée par brevet du 7 novembre 1814.

beau front d'un plus vif éclat. Sa taille était haute, son air noble ; et dans tout son aspect on n'aurait su dire ce qui l'emportait de la force ou de la grâce. Son visage formait un ovale parfait. Ses yeux bleus, à fleur de tête, et son sourire avaient une expression charmante de douceur et de finesse enjouée. Ses sourcils bien arqués, son nez légèrement aquilin, son teint d'une délicatesse singulière achevaient en lui la beauté et le don qu'il avait de plaire à tous.

Les enfants sont sensibles aux grâces physiques beaucoup plus et beaucoup plus tôt qu'on ne le pense. Je ne me lassais pas de regarder mon père, et quand un étranger remarquait que nous nous ressemblions, j'en avais de la joie pour tout le jour.

De leur union, formée par l'inclination, il était né à mes parents trois enfants : deux fils et une fille. Ma mère avait eu de son premier mari une fille, Auguste Bussmann, que je connus plus tard, et dont je dirai en son lieu la fin tragique. Elle perdit mon frère aîné — il se nommait Édouard — avant ma naissance. Elle me parlait de lui souvent comme d'un être très doué, d'une rare précocité de cœur et d'esprit. Quant à mon frère Maurice, bien qu'il fût plus âgé que moi de plusieurs années et élevé loin de nous dans les lycées, bien que son caractère fût presque l'opposé du mien, je m'attachai à lui de très bonne heure, et ce fut pour toute la vie. Lui aussi, il était porté vers moi d'une inclination naturelle ; et malgré ce que les événements, les passions, les intérêts, devaient jeter un jour à la traverse, notre mutuelle amitié se retrouva sur le tard, attristée, mais indestructible, au fond de nos cœurs.

Selon ce qui m'a été rapporté, je suis née à Francfort-sur-le-Main, vers le milieu de la nuit du 30 au 31 décembre de l'année 1805*. Il règne en Allemagne une

* La maison où je suis née existe encore : elle forme l'angle du Rossmarkt et de la Gallienstrasse.

superstition touchant ces Enfants de minuit, *Mitternachtskinder*, comme on les appelle. On les croit d'une nature mystérieuse, plus familiers que d'autres avec les esprits, plus visités des songes et des apparitions. J'ignore sur quoi s'est fondée cette imagination germanique, mais, il faut bien que je le dise, dût l'opinion qu'en prendra de moi la sagesse française en être très diminuée, je n'ai lieu, en ce qui me touche, ni de railler ni de rejeter entièrement la croyance populaire qui m'apparente aux esprits.

Que le lecteur en soit juge : maintes fois, dans le cours d'une existence très éprouvée, je me suis vue avertie en des songes étranges, symboliques en quelque sorte, dont le souvenir me poursuivait sans que j'y puisse rien comprendre, et qui s'appliquaient ensuite, le plus exactement du monde, aux événements, aux situations, aux dispositions nouvelles et imprévues de ma vie et de mon âme. Bien plus, dans une maladie grave, au plus fort d'une crise qui pouvait être mortelle, et qui jetait les médecins dans une grande perplexité, j'eus en rêve la révélation du remède qui me sauva : révélation inexplicable chez une personne étrangère comme je l'étais alors aux notions les plus simples de la médecine ; occulte puissance de l'instinct, que les Anciens attribuaient aux dieux*, et dont la science moderne est forcée de constater quelques exemples qui l'embarrassent.

Je n'omettrai pas non plus l'incroyable prédiction de la devineresse Lenormand (la même qui prédit un trône à madame de Beauharnais), qui me commanda de faire attention à mes songes, et par qui me fut un

* « Si j'ai conçu en songe l'idée de me servir de remèdes souvent efficaces, et particulièrement contre mes crachements de sang et mes vertiges... c'est aux dieux que je le dois », écrit Marc-Aurèle (chez les Quades, sur les bords du Granua ; *Pensées*, liv. I — XVII).

jour annoncé un avenir dont je ne pouvais avoir la moindre appréhension, à l'heure où je consultais, par passe-temps, l'oracle*. Enfin, quand je me remets sous les yeux les moments difficiles et décisifs de ma vie passée, j'y sens la présence invisible, le secours d'un bon génie : une *voix*, un *esprit*, comme on voudra l'appeler, qui me voulait du bien, qui s'interposait entre moi et les coups du sort, qui me dérobait parfois, comme dans un nuage, aux poursuites de mes ennemis, et, quand toute force m'abandonnait, faisait soudain jaillir sous mes pas une source cachée où se retrempait mon courage.

Cet esprit bienfaisant, quel est-il ?

Serait-ce l'*âme* de la constellation sous laquelle je suis née**. Serait-ce, comme le *démon* — *daïmôn* — de Platon, le messager qui me parle selon Dieu pendant mon sommeil ? L'appellerai-je, avec les dévots, *mon bon ange* ? avec Marc-Aurèle, le *génie qui est au-dedans de nous* ? avec Dion Chrysostome, *la puissance qui commande chez chaque homme et qui est l'inspiratrice de ses actions* ? Reconnaîtrai-je, dans mon divin consolateur, la pensée fidèle d'un être à qui je fus chère ? Serait-ce sous l'empire de ce *démon* inconnu*** que, pendant l'espace de dix années, je fus soumise à des

* Voir la visite à mademoiselle Lenormand. Appendice E. [Marie d'Agoult y raconte sa visite à la célèbre devineresse le 23 juin 1834 : « Un changement total dans votre destinée se fera d'ici deux à trois ans, lui annonce-t-elle. Ce qui vous semblerait, à cette heure, absolument impossible se réalisera. »]

** La conjonction des astres était heureuse, dit Goethe (*Poésie et Vérité*, 1re partie, livre Ier) en parlant du jour et de l'heure où il vint au monde. Le soleil entrait dans le signe de la Vierge ; Jupiter et Vénus le regardaient favorablement ; Mercure n'était pas hostile ; Saturne et Mars se montraient indifférents... »

*** [citant Goethe et Mickiewicz, Marie d'Agoult y dresse un bref historique de la notion de *daimôn*].

intermittences étranges d'une somnolence pénible, où la vie du rêve et la vie de la réalité se confondaient en moi d'une manière très mystérieuse ; où je me sentais, sans jamais en perdre la conscience, dans un état anormal, crépusculaire en quelque sorte, intermédiaire entre l'être et le non-être, entre le vouloir et le non-vouloir, déprimé ou exalté, hors d'équilibre, exempt de souffrance, toutefois, autre que morale, et qui demeure, pour tous ceux qui m'y ont vue, un phénomène inexpliqué, sans relation appréciable ni avec la nature de mon esprit très lucide, ni avec mon caractère très résolu. De tout ceci, que sais-je ? et que pourrait-on savoir* ?

Je ne voudrais pas cependant, par mon doute, être cause qu'on prît le change. La licence que je donne parfois à mon imagination de s'échapper vers les régions occultes n'y entraîne pas ma raison. Au plus fort de ma vie dévote je n'ai connu ni l'extase ni les visions ; le monde séraphique de Swedenborg[1] ne s'est jamais non plus ouvert à moi. Je n'ai de goût, je l'affirme, ni pour le monde des magnétiseurs, ni pour le monde des *spirites*. Je ne crois, est-il besoin de le dire, à rien de *surnaturel*, moins encore à une suspension, à une déviation, quelle qu'elle soit, dans le cours régulier des lois divines. Mais je crois à un ordre mystérieux de la nature infinie qui paraît surnaturel seulement à nos ignorances ; je reconnais l'existence de lois qui se dérobent encore, qui se déroberont peut-être toujours à

* « Je ne dis pas : cela est ; mais n'y aurait-il point quelque témérité à dire : cela n'est pas ? » écrit Senancour [auteur d'*Obermann* (1804), l'un des ouvrages préférés de Marie d'Agoult], en parlant de cette chaîne occulte de rapports qui rattache la vie humaine à l'infini incompréhensible de l'être cosmique.

1. Le savant suédois Emanuel Swedenborg (1688-1772), théosophe, opposa à la science la connaissance des réalités suprasensibles ; ses vues devaient connaître un grand succès auprès des romantiques.

nos poursuites*, et qui, n'ayant de prise et d'effet que sur certaines organisations très délicates, restent pour le vulgaire un sujet d'étonnement superstitieux, pour les demi-savants une occasion de dédain et de raillerie**.

Je reprends mon récit.

Mes parents m'avaient en prédilection. Douée comme je l'étais d'une humeur douce et d'une gentillesse enfantine qui m'attiraient toutes les bienveillances, je ne me rappelle de ces premières années que des images de paix. Jamais un châtiment, aucun reproche. Quelques règles, sans doute, mais souples et sans contrainte. L'amour de mes parents, les caresses des voisins, l'empressement des serviteurs à me complaire, des fleurs et des fruits à profusion, des animaux familiers, de petits amis villageois, le plein air et la pleine liberté dans une riante campagne, tel revit en moi le tableau de mon enfance. Les changements des saisons y mettaient la diversité, mes plaisirs se rapportant presque tous à la vie des champs et des jardins. Je n'ai jamais eu le goût des poupées ; tout enfant, il me fallait déjà la vie et la vérité.

* « On ne connaîtra le travail de la pensée que lorsqu'on connaîtra le rêve », me disait un jour un homme de beaucoup d'esprit, M. Scherer [Edmond Scherer, journaliste et critique littéraire]. Aristote et Spinoza étaient de cette opinion. Ils n'ont pas dédaigné d'observer cet état intermédiaire entre la veille et le sommeil, durant lequel, la conscience n'étant pas encore pleinement éveillée, il se produit des phénomènes très propres à éclaircir, lorsqu'ils seront mieux étudiés, cette question obscure.

** « *We may think over the subject again and again*, dit Tyndall, *it eludes all intellectual representation. We stand at length face to face before the Incomprehensible* » (*Address delivered at Belfast*, 1874). [« Nous pouvons considérer le sujet encore et encore, dit Tyndall [John Tyndall, physicien irlandais (1820-1893)], il échappe à toute représentation intellectuelle. Nous nous trouvons inlassablement face à l'Incompréhensible » (*Discours prononcé à Belfast*, 1874).]

L'habitation de mes parents, située près du bourg de Monnaie, entre Tours et Châteaurenaud, n'offrait rien de remarquable. Elle pouvait même paraître mesquine au regard de la fortune de ma mère, qui lui eût permis d'acquérir quelqu'un des châteaux célèbres de la Touraine, le château d'Azay-le-Rideau, par exemple, alors en vente, et qu'elle était allée visiter. Mais ma mère, n'ayant reçu, en fait d'art, que la culture musicale, fut peu ou point touchée de la belle architecture de ces résidences historiques ; quant à mon père, chasseur passionné, il fut déterminé à l'acquisition du Mortier par l'aspect d'un pays très giboyeux : petites collines, petits cours d'eau, petits bouquets de bois, petits clos de vignes, landes, bruyères, halliers, *remises* de toutes sortes, favorables à la perdrix, au lièvre ; et par-delà, une ceinture de forêts, où fréquentaient le daim, le chevreuil et le sanglier.

En ce qui me concerne, on pense bien que je ne faisais au sujet de notre habitation ni comparaisons ni observations critiques. Si j'ai souffert de très bonne heure, comme je serais portée à le croire, d'une certaine discordance entre moi et mes alentours, et de l'insignifiance des lieux où je commençais de vivre, je n'ai pu le supposer qu'après les avoir quittés, après avoir éprouvé ailleurs l'incroyable influence, sur mon être le plus intime, d'un site naturellement héroïque, ou consacré par l'histoire. Au moment dont je parle et à mes yeux prévenus, la maison du Mortier, la colline où elle s'adosse, sa vallée étroite, son enclos, ses terrasses au soleil, son canal d'eaux vives, sa cascade ombragée de marronniers séculaires, son potager, son verger, ses basses-cours, c'était pour moi tout un monde que ne franchissaient jamais ni mes souhaits ni mes rêves.

III

Plaisirs champêtres. — Familiarité avec les bêtes. — La volière — Les lapins angoras. — Les marcassins. — L'âne du jardinier. — Généreuse. — L'allée souterraine. — Les chenilles et les orchidées. — Vue précoce de la métamorphose. — Les glanes et le halebotage. — La cuisine allemande. — Adelheid. — Marianne. — Mes jardins. — Première éducation allemande et française. — Le voyage en poste. — Ma *Minerve*. — Le retour des Bourbons. — Les Cent-Jours. — Départ pour Francfort et pour la Vendée.

Je vivais au Mortier en grande franchise d'allures, improvisant chaque jour, tantôt seule, tantôt avec les enfants du voisinage, de nouveaux amusements. Les bêtes y avaient le rôle principal. Outre les chiens d'arrêt de mon père, qui étaient de mon intimité et dont je me rappelle encore aujourd'hui les noms, les humeurs opposées, je nourrissais toute une volière d'oiseaux du pays, pinsons, chardonnerets, bouvreuils, et j'essayais obstinément chaque printemps, quoique toujours sans succès, d'élever, aux œufs de fourmis, les couvées de perdreaux apportées à mon père par les faucheurs. Par compensation à la mortalité de mes petits perdreaux, il me venait d'un beau couple de lapins angoras, l'un blanc, l'autre noir, qui multipliaient sans fin, une rapide famille, habillée de toutes les combinaisons imaginables de la couleur pie, et qui me réjouissait, à chaque portée, par des surprises nouvelles. Une chèvre aussi s'était attachée à moi, et, du plus loin qu'elle m'apercevait à travers les grilles, elle poussait un bêlement plaintif et tendre qui m'allait droit au cœur. Deux petits marcassins, pris par le garde comme ils étaient encore à la mamelle, et que notre bergère menait paître avec ses agneaux, m'inspiraient un intérêt sérieux, mélangé, de saison en saison, à mesure qu'ils se faisaient plus différents des moutons, de plus de crainte. Enfin, le dimanche, au sortir des vêpres, lorsqu'il ne pleuvait pas, l'âne du jardinier paraissait devant le perron, bellement harnaché, conduit par *Généreuse*, sa jeune maîtresse, en cotillon court, jambes nues, sabots en main, pour pouvoir plus librement courir à ma guise, dans le *grand bois*. Ce *grand bois*, bien qu'enclos de murs, nous était interdit, je ne sais trop pourquoi, les jours de semaine. Aussi, le dimanche, quelle fête d'y aller, d'arpenter en tous sens l'*étoile* et les *pattes d'oie* !

Nous passions invariablement, de préférence, par une certaine allée très encaissée, très sombre, très humide, que j'affectionnais entre toutes à cause de la végétation particulière qui croissait sur ses parois argileuses : mousses, fougères, lichens, orchis, champignons, et que j'avais nommée, par amplification, pour lui donner sans doute un air de mystère, l'*allée souterraine* !

Surmontant la répugnance que j'ai eue toute ma vie pour ce qui rampe, je rapportais de mes promenades, avec des paquets d'herbes et de mousses, des chenilles que j'enfermais dans des boîtes à couvercles transparents, et dont mon père, à mesure qu'elles s'opéraient, m'expliquait les métamorphoses. Les orchidées aux formes imitatives, l'*orchis mouche*, l'*orchis homme pendu*, que j'essayais de transplanter dans nos plates-bandes, les boutures et les greffes que je voyais faire au jardinier, la goutte d'eau que mon père me montrait au microscope, les transformations du têtard et de la grenouille dans la mare, l'éclosion des volatiles dans la basse-cour et jusqu'à la toile d'araignée suspendue au plafond des étables, tous ces objets, à la fois surprenants et familiers à mes yeux à peine ouverts sur le monde, me donnèrent une habitude précoce avec le phénomène universel de la métamorphose. Avant toute réflexion, avant toute étude, la notion *spinoziste* de la vie entrait en moi par les sens ; elle y pénétrait ainsi bien plus vivement et bien plus avant qu'elle n'eût jamais pu le faire par l'enseignement de l'école ou par la spéculation métaphysique. Elle avait pris possession de mon entendement avant l'heure où s'y produisit la pensée.

Je m'associais aussi avec une vivacité extrême à tous les travaux des champs. Avec une brouette, un râteau, une hotte, une fourche, appropriés à ma taille et à ma force, je prenais une part active à la fenaison, à la moisson, aux vendanges.

Les glanes et le *halebotage* surtout*, facilités par la négligence volontaire de nos métayers ou de nos vignerons, amenaient de grandes joies, quand, à la fin de la journée, je distribuais, selon mes préférences, aux enfants des pauvres, ma gerbe ou ma hotte pesante. Je ne dois pas omettre non plus, dans la revue que je passe de mes plaisirs, ces immenses lessives qui se font deux ou trois fois l'an dans les maisons bien pourvues de linge, et pour lesquelles on convoquait chez nous le ban et l'arrière-ban des commères, dont le caquet, infatigable plus encore que le battoir, emplissait la buanderie et les cours d'un gai tapage. Il n'est pas jusqu'à la carriole

* *Hale* ou *halebotage* : c'est le nom que donnent les paysans tourangeaux à ce qui s'appelle ailleurs le grappillage : la glane du raisin après la vendange.

qui s'en allait aux provisions vers la ville, dont le départ et le retour, retentissant sur le chemin caillouteux, ne causassent une émotion, tant le mouvement et le bruit, quels qu'ils soient, ont un attrait pour l'enfance. Enfin, lorsque nous restions tard à la campagne, les blancs tapis de neige où, d'année en année, l'empreinte de mes pas se marquait plus distincte et plus grande, les glaçons charriés au soleil sur le canal, le fagotage des bûcherons, par-dessus tout l'opération mystérieuse des noirs charbonniers dans les bois, au sifflement de la bise, au croassement des corbeaux, au craquement des branches mortes, complétaient par des joies d'hiver mes joies de printemps, d'été et d'automne.

La chasse et la pêche, quand mon père m'y conduisait, formaient le côté aventureux et en quelque sorte homérique de mes plaisirs. Je n'aurai garde, non plus, dans le rappel de mes joies primitives, de négliger celles qui me venaient, comme aux héros de *L'Iliade*, des apprêts et des fumets d'un bon repas. Ma mère, en quittant son pays, en avait emmené avec elle quelques souvenirs vivants et domestiques. Elle avait pour moi une bonne allemande ; elle se faisait suivre par un chasseur habillé à la mode de Vienne, la plume de coq au chapeau, le coutelas au ceinturon ; enfin, malgré de nombreux inconvénients, elle ne se décidait pas à congédier une cuisinière viennoise du nom d'*Adelheid*, laquelle ne contribua pas peu, il faut l'avouer, au parfait contentement de ma jeunesse. La cuisine allemande est la vraie cuisine des enfants et des écoliers. Mélanges inattendus, surprises, confusions, naïvetés, indisciplines, mais où tout revient pourtant aux deux éléments inoffensifs, farine et sucre : c'est une complète vacance, un oubli de toutes les règles, où l'enfant trouve son compte et sa joie.

Adelheid excellait aux *mehlspeisen*[1] ; et quand elle avait bu surtout, ce qui n'était pas rare, elle me prodiguait, hors des repas, des gâteaux, des sucreries, auxquels mes rustiques camarades de l'un et l'autre sexe faisaient, des yeux et des dents, la fête qu'on imagine.

En rivalité de la Viennoise Adelheid, *Marianne*, la ménagère tourangelle, qui serrait sous clef les provisions, emplissait en cachette mon tablier de *pruneaux de Tours*, de *poires tapées*, d'*alberges confites* et d'autres friandises du cru, sans compter, sous le prétexte des oiseaux de ma volière, d'énormes morceaux de sucre que détournaient au passage mes petits amis sans plumes.

L'amour-propre avait bien aussi, de temps à autre, sa part dans mes satisfactions ; à une noce de village, par exemple, quand le marié venait me chercher pour ouvrir le bal ; à la messe du 15 août, quand j'allais, au côté de Marianne, un grand cierge à la main, lui droit et moi droite, offrir le pain bénit tout enrubanné, avec sa brioche parochiale ; mais ces excitations à la vanité venaient rarement ; d'ailleurs la vanité n'avait en moi que de faibles germes, et ces germes ne se développèrent point dans la maison maternelle où régnait, malgré la condition de mes parents, une simplicité de mœurs parfaite.

Quand arrivaient les mauvais temps et qu'il n'y avait pas moyen de sortir, je me sentais bien privée, bien seule à la maison, ma mère n'y admettant pas volontiers mes bêtes, et n'y tolérant qu'à demi mes chers petits rustres. Ceux-ci, de leur côté, se sentaient gênés dans nos salons, sur les parquets glissants, sur les fauteuils aux blanches housses de basin où se marquait l'empreinte de leurs mains terreuses. Heureusement,

1. Terme générique désignant divers types de pâtisseries traditionnelles.

dans ma solitude, il me vint une inspiration : j'eus l'idée d'embellir ma prison — un salon, pour un enfant, c'est une prison — par la représentation des champs, des prés, des bois, des jardins, d'où je me voyais bannie ; par la création de campagnes imaginaires, que je disposerais selon mon plaisir. Ce fut un trait de génie. Sur une table en bois de sapin, qui ne servait à rien d'autre, j'étendis une couche de terre argileuse, rapportée à cette intention de ma chère allée souterraine. Avec un couteau de bois, je traçai sur toute la surface ainsi enduite le plan improvisé de mes plantations ; de frêles tiges d'arbustes, houx, genévriers, épines, figurèrent dans mes compositions les forêts ; des épaisseurs de terre et des cailloux me donnèrent à l'horizon les montagnes ; avec de beaux coquillages rapportés de la Martinique par un chevalier de Lonlay[1], qui habitait tout auprès de nous le château des Belles-Ruries, je formai des grottes profondes que je tapissai de mousses et de lichens ; un morceau de miroir, irrégulièrement brisé, devint un lac limpide ; de petits sentiers sablés serpentèrent agréablement au travers de ces campagnes. La complaisance de mon père sourit à mes inventions. Il voulut s'y associer. Comme il était très adroit de ses mains, il découpa pour moi dans le liège et le carton, il peignit avec un soin minutieux des *fabriques* de tout genre, qui rehaussèrent mon paysage. Nous y plaçâmes, dans la forêt, l'ermitage ; au bord du lac, la cabane du pêcheur ; sur les hauteurs, le château qui, moyennant certains artifices, s'illuminait tout à coup le soir, et montrait à son balcon un large transparent fleurdelisé où se lisait en gros caractères le cri du loyal châtelain : « Vive le roi ! »

1. Antoine de Lonlay (1767-1855), né à la Martinique ; il fut maire de la commune de Monnaie, où se trouvait le château des Flavigny, de 1807 à sa mort.

De proche en proche, mes ambitions montant toujours, il fallut faire venir de Nuremberg de grandes boîtes à jouets, toutes remplies de personnages et d'animaux forestiers, qui, répandus çà et là dans les parties sauvages de mes campagnes, leur donnaient un aspect plus sauvage encore. Puis, je voulus des cygnes, des bateaux sur mes lacs ; de belles dames en cavalcades par les chemins et quand j'eus réalisé ce rêve, je me considérai moi-même et mon œuvre d'un tout autre œil. J'eus les éblouissements de la création poétique. Le souvenir m'en est présent comme si c'était hier. Je fus véritablement *ravie*, du ravissement de l'artiste, quand il croit avoir exprimé son idéal. Quoi d'étonnant ? N'avais-je pas dès lors, pour mes perspectives, pour mes ombrages, pour mes grottes en rocailles, pour mes *rustiques figurines*, un idéal, tout aussi bien que Bernard Palissy ou notre grand Lenôtre !

Cependant mon éducation commençait. Ma mère et ma bonne allemande, qui me parlaient toujours dans leur langue, me faisaient lire des contes de Grimm, réciter de mémoire des fables de Gellert ou des monologues de Schiller. Sur un piano de Vienne, j'apprenais les notes de la gamme dans les sonates de Haydn ou de Mozart. On m'expliquait dans l'*Orbis pictus*, si cher aux enfants allemands, les merveilles du Cosmos. Et ainsi, de plus en plus, sous l'influence maternelle, j'aurais été me germanisant, ce qui, avec mes yeux bleus, mes cheveux blonds, mon air rêveur, n'aurait pas eu de quoi surprendre, si mon père n'y eût mis bon ordre en me retenant de son bord. Mon père n'avait, quant à lui, rien gardé de sa longue émigration, qu'une pointe de persiflage à l'endroit des Allemands. Il était d'un naturel tout gaulois : ni rêverie, ni exaltation, ni métaphysique, ni musique. De dévotion, moins encore : ce n'était pas alors le fait d'un gentilhomme. Ses auteurs étaient Horace, Ovide, Rabelais,

Montaigne, La Fontaine, par-dessus tout Voltaire. C'est de ces ouvrages, païens ou profanes, en choisissant les morceaux, et jamais des Écritures saintes, que mon père tirait pour moi ses dictées. C'est en écrivant les histoires de la mythologie que je me formai la main. Je connus l'enlèvement de Proserpine bien avant l'annonciation de la Vierge Marie ; et j'ignorais encore la crèche et l'Enfant Jésus, que déjà j'admirais le berceau prodigieux du petit Hercule. Ainsi, au plus loin que remonte ma mémoire, je me vois ce que je suis restée toute ma vie : à la fois Allemande et Française par le sang, par la nourriture du corps et de l'esprit ; sensible aux beautés de Schiller et de Mozart comme à celles de Molière et de Voltaire : de telle sorte que je n'ai jamais su bien démêler vers quel côté j'inclinais le plus* ; et que, en y regardant de près, je ne me suis jamais sentie, à bien dire, ni française ni allemande entièrement ; mais comme à part, isolée, un peu étrangère, aussi bien dans le pays où j'ai vu le jour que dans celui où la destinée m'a fait vivre ; je devrais ajouter, pour être sincère, étrangère aussi un peu, en mainte occasion, à moi-même et à ceux qui m'ont aimée.

J'ai dit qu'il n'y avait eu dans mon enfance aucune contrainte. J'en oubliais deux, passagères il est vrai, mais vivement ressenties parce qu'elles faisaient contraste avec ma liberté habituelle. Je demande encore un peu d'indulgence pour ces récits puérils où je sens que je me complais trop ; ils vont finir ; ce qui me reste à dire est très court.

À l'époque dont je parle, de 1809 à 1815, la plus petite distance, même franchie en poste, constituait ce qu'on appelait un voyage. On en délibérait, on s'y apprêtait de

* La guerre, en 1870, me jeta hors d'incertitude, en me faisant sentir, à l'intensité de mes angoisses, combien m'était chère, au-dessus de tout, la patrie française. (*Note écrite en 1872.*)

longue main. La vieille duchesse douairière de Montmorency, lorsqu'elle se rendait, pour y passer l'été, à sa maison d'Auteuil, se commandait pour la route un habit de nankin. Qu'on s'imagine ce que devait être l'éloignement de Paris à Monnaie, soixante lieues ! Longtemps à l'avance on discutait en famille le jour du départ. Les préparatifs ne duraient pas moins de quinze jours. On partageait en deux ce grand trajet. On s'arrêtait à mi-chemin, à Chartres, pour y passer la nuit dans une affreuse auberge, où l'on soupait d'un fricandeau à l'oseille réchauffé, et servi par la plus malpropre des maritornes. Ce grand déplacement, les emballages et les déballages qui suspendaient pour un temps l'habitude n'avaient rien qui me déplût, au contraire. Rien de plus gai d'ailleurs que la façon de voyager des gens riches avant l'invention des chemins de fer.

On commandait chez soi, à son heure, les chevaux de poste ; on s'installait dans une bonne berline disposée pour y dormir la nuit au besoin ; on y avait de la lumière pour le soir, avec tout ce qu'il fallait pour prendre ses repas. Des *guides* — c'est ainsi que s'appelait le pourboire des postillons — portés de quelques sous au-dessus de la taxe réglementaire, mettaient tout l'attelage en belle humeur ; on partait au galop ; les fouets claquaient, les grelots sonnaient ; les parements écarlates, les boutons de cuivre des postillons reluisaient à merveille. Mais il y avait un revers à cette joie : au-dessous de l'âge de sept ans, les enfants ne payaient point, ou du moins ils ne payaient que demi-place ; on était fort économe alors dans les bonnes maisons, et *chiper* l'État paraissait aux plus grands seigneurs une gentillesse. Or, donc, lorsque j'eus dépassé l'âge des exemptions, on pensa qu'il serait de bonne prise de gagner un an ou deux sur le règlement, et, pour me dissimuler, à chaque relais, aux regards inquisitifs du maître de poste, on me pelotonnait, on m'enfouissait dans les coussins, on me faisait feindre de dormir ; on s'ingéniait à me rapetisser ; j'étais à la torture. On conviendra que c'était là une grotesque économie dans le budget d'une maison où la fortune se comptait par millions, et dont les possesseurs n'étaient aucunement avares. Je dis le fait dans son incroyable vérité. J'ai lieu de croire qu'il était assez général, et que bien des enfants de ma génération auront souffert comme moi dans leur amour-propre, dans leur franchise et dans leur liberté, pour paraître plus petits que leur âge et frauder ainsi, peu ou prou, l'administration royale des postes !

L'autre contrainte qu'il me reste à raconter n'avait pas pour but de dissimuler ma taille, loin de là. Il s'agissait de la diriger en hauteur, et de prévenir les déviations qu'une croissance très rapide et une extrême délicatesse des muscles et des os pouvaient faire craindre. Je croissais, comme on dit, à vue d'œil, et mon cou semblait croître plus vite que tout le reste. Long et frêle, il avait peine apparemment à porter ma tête ; il ployait sous le poids de ma chevelure extraordinairement touffue. Bientôt l'on s'aperçut que mon front penché en avant faisait creuser la poitrine et s'arrondir les épaules. On prit peur. Je ne sais quel charlatan venait d'inventer une mécanique à seule fin de forcer à se tenir droit les petites filles. Il s'en menait grand bruit ; on m'en affubla. Heureusement pour ma taille, cette mécanique était inoffensive ; heureusement pour mon amour-propre, elle avait un aspect gracieux et portait un joli nom : on l'appelait une *Minerve*. C'était une longue tige d'acier, recourbée en manière de casque, qui suivait par-derrière le galbe de la tête, se rattachant à la taille, sur le front et sous le menton, par une ceinture et des bandelettes en velours. On n'y pouvait bouger que tout d'une pièce, et la tête, maintenue de face, ne se tournait qu'ensemble avec les épaules. C'était un charmant petit supplice. Je m'y accoutumai vite néanmoins, par docilité de nature et aussi parce qu'à force d'entendre célébrer le bel effet de ce casque de Pallas à mon front d'ivoire, et de ces bandelettes de velours noir sur ma chevelure d'or, j'avais fini par m'y croire un air de conquête. Mais la chose tourna tout autrement. Elle faillit avoir des conséquences bien diverses de celles que j'imaginais, et des effets tout opposés à ce qu'en attendaient mes bons parents. La *Minerve* mit ma vie en danger, et peu s'en fallut qu'elle ne me laissât défigurée ; voici ce qui arriva :

Un jour que je faisais à moi toute seule, ma mère étant au piano, qui jouait des *Ländler*[1] de Vienne, un tour de valse dans le salon, je glissai en passant auprès de la cheminée. Embarrassée comme je l'étais dans ma *Minerve* qui m'empêcha de reprendre l'équilibre, je tombai, la tête la première, sur les chenets. Par bonheur, c'était l'été, il n'y avait point de feu. Mais les trois pointes aiguës des chenets m'entrèrent dans la joue si avant, ils y firent une plaie si profonde, que j'en porte encore à cette heure la cicatrice. À partir de ce jour, la *Minerve* me fut ôtée ; mais je ne crois pas que mes parents en aient conclu qu'on pouvait avoir eu tort de me la mettre.

Alfieri, dans ses *Mémoires*[2], raconte un accident tout semblable qui lui arriva en faisant avec son frère, auprès d'une cheminée, l'exercice à la Prussienne ; et, de même que moi, il en resta balafré.

Si je rapporte ici ces deux accidents, ce n'est pas, je prie qu'on m'en croie, pour le plaisir de m'égaler à un

1. Danses régionales.

2. Les *Mémoires* du poète et dramaturge italien Vittorio Alfieri (1749-1803) avaient connu un succès considérable auprès des romantiques.

immortel ; c'est dans l'espoir de faire sortir de là une petite moralité à l'usage des mères de famille : n'avoir point de chenets pointus dans ses foyers, et ne pas mettre à la gêne, fût-ce dans une *Minerve*, les libres mouvements de l'enfance.

Cependant, un grand événement, un coup d'éclat de l'histoire, allait avoir son contrecoup dans ma petite existence.

Le retour des Bourbons n'y avait point apporté de changements. J'entendis beaucoup parler chez nous de l'*usurpateur* et des rois légitimes. On planta beaucoup de lys dans notre jardin. Je vis l'*ordre du lys* à la boutonnière de plusieurs petits garçons de notre voisinage. On me faisait lever à la messe pour le *Domine salvum fac regem*, tandis qu'auparavant nous restions obstinément assis pendant le *Domine salvum fac imperatorem*. C'était là tout, et c'est à peine si je m'étais aperçue dans notre vie du Mortier que la France avait changé de régime. Il n'en fut pas de même un an après. Le départ et le retour des Bourbons eurent alors pour moi de sérieuses conséquences, comme on va voir.

On entrait dans le mois de mars de l'année 1815. Nous étions à Paris. Depuis quelques jours je voyais autour de moi les visages changer ; j'entendais entre mon père et ses amis des chuchotements ; il venait chez nous des gens que je n'y avais jamais vus auparavant ; on me renvoyait alors du salon. Un matin, le cocher tira de la remise la voiture de voyage ; on en fit monter les caissons. La femme de chambre y emballa beaucoup de hardes, tout cela très à la hâte et comme avec un air de mystère. Je n'osais rien demander, tant on me paraissait grave. Le lendemain, au dîner, j'appris que mon père était parti ; pour où ? on ne le disait point ; je pris peur et je me cachai pour pleurer. Tout à coup, vers l'heure où d'ordinaire on m'envoyait dormir, j'entends un bruit de grelots dans la cour ; le chasseur vient avertir que les chevaux de poste sont là. On m'enveloppe d'un manteau fourré ; on me porte dans la berline où ma mère et mon frère étaient déjà. On m'assied entre eux deux. Pendant la route, j'apprends que nous allons à Francfort, chez ma grand-mère. Le soir du septième jour (nous avions couché trois fois pendant le trajet), nous arrivions ; et je montais l'escalier, étranger pour moi, de la maison Bethmann, étourdie par les éclats de voix germaniques, par les embrassements confus d'une multitude de tantes et de cousines que je ne connaissais pas ; le cœur gros, les yeux pleins de larmes, pensant à notre chère maison du Mortier et à mon père.

On devine à quoi se rapporte tout ceci. Bonaparte avait débarqué au golfe Juan le 1er mars. Dans l'espoir d'arrêter sa marche rapide, le comte d'Artois partait pour Lyon le 6. Le lendemain, le duc de Bourbon se dirigeait vers les provinces de l'Ouest, où il allait tenter d'opérer un mouvement. Mon père, qui se disposait à le suivre, sans augurer trop bien de la campagne, avait voulu, quoi qu'il arrivât, nous savoir en sûreté hors de France. Et c'est ainsi que Napoléon Bonaparte, en venant soudain ressaisir sa couronne impériale, en jetant par tout le monde le trouble et l'effroi, jetait du même coup, dans la paix de mon enfance, une première perturbation. Son épée conquérante, qui menaçait l'Europe, tranchait sans le savoir, dans l'ombre de mon existence, les premiers liens de l'habitude qui me rattachaient encore au berceau ; elle me tirait brusquement de ce premier rêve doré du matin, commencé par l'enfant dans la nuit du sein maternel.

IV

La famille Bethmann. — *La vieille dame.* — L'oncle. — Le *Baslerhof* et le *Vogelstrauss*. — *L'Ariane*. — Une présentation de Mme de Staël. — Le tricot de ma grand-mère. — La tante Hollweg. — Un bas-relief de Thorwaldsen. — Suis-je catholique ?

La famille maternelle, où nous recevions un accueil empressé, était nombreuse. Elle avait pour chef la veuve de mon aïeul Johann-Philipp, Catherine Schaaf, citoyenne du canton de Bâle, vénérable octogénaire, dont la figure et l'aspect se gravèrent tout d'abord, pour ne plus s'en effacer, dans ma mémoire.

Grande, avec beaucoup d'embonpoint, droite et grave, tout son maintien avait un air de domination tranquille qui s'imposait. Une opération mal réussie de la cataracte l'avait frappée d'une cécité incurable, mais elle n'avait pas pris l'expression hésitante et comme demandant secours que j'ai vue à la plupart des aveugles, tout au contraire. Du fond de leurs ténèbres, ses yeux clos commandaient plus souverainement que s'ils eussent été ouverts. Son caractère entier, sa volonté inflexible se marquaient dans tous ses traits, avec la fixité sculpturale qu'a donnée au masque sans regard des dieux et des héros le ciseau antique.

Mon aïeule se vêtait majestueusement d'amples robes de velours en hiver, de tissus blancs en été ; ses beaux bras demi nus ornés de perles fines ; à son cou, l'image de son mari dans un médaillon entouré de brillants énormes, dont les feux suppléaient en quelque sorte le rayon teint dans ses orbites. Assise au haut bout de la table qu'elle présidait avec dignité, au salon, sur un fauteuil en manière de trône, elle recevait, comme lui étant dus, sans y paraître sensible, les respects de trois générations. Son fils Moritz avait seul le privilège d'éclairer d'un sourire l'impassible sévérité de son visage. Sans cacher sa prédilection, sans craindre d'inquiéter l'amour de ses filles, elle avait pour ce fils unique une vivacité d'accueil, une passion de curiosité, un accent de déférence qui contrastaient de la manière la plus frappante avec son égale froideur envers tous ses autres enfants. Elle semblait ne compter dans ses journées que les moments rares et courts que ce fils respectueux, mais distrait par les affaires, prenait, pour les lui donner, au train du monde. Elle connaissait le bruit imperceptible que faisait, en glissant sur l'épais tapis de Turquie, la porte du salon quand c'était lui qui l'ouvrait. Au plus vif de l'entretien, elle prévoyait l'instant où il allait prendre congé d'elle, et son front s'en attristait soudain. Enfin, depuis que son mari avait cessé de vivre, *la vieille dame de Bethmann, die alte Frau von Bethmann*, c'est ainsi qu'on l'appelait dans Francfort, rapportait à son fils tout son orgueil et ce culte de la maison, oublié de nos jours, que j'ai vu autour de moi religieusement observé, vivant encore dans le vieux sang de la noblesse française et dans le sang, noble à sa manière, de la vieille bourgeoisie germanique.

Par bonheur, l'enfant des prédilections de mon aïeule n'abusa jamais, ce qui lui eût été facile, de son ascendant. Mon oncle Moritz était une nature généreuse, un caractère ouvert et joyeux, qui voulait partout le contentement. Incapable de nuire, empressé à servir, en bon, en véritable aîné qu'il était, les intérêts de ses frères et de ses neveux, il s'employait incessamment à pallier les torts, à prévenir les froissements, à conseiller l'indulgence. Possédant à la fois le génie des affaires et les dons les plus brillants de l'homme du monde, l'*oncle*, on ne le nommait pas autrement dans la famille, ajoutait au pouvoir des richesses qui s'accroissaient chaque jour entre ses mains la séduction d'un esprit charmant, d'une fine galanterie, d'une libéralité et d'une belle humeur qui lui valaient ensemble la faveur des salons et les sympathies populaires. Les circonstances aussi le servaient. Pendant les guerres de l'Empire, les souverains de l'Allemagne avaient eu recours à son crédit ; il leur avait fait des avances considérables. Au Congrès de Vienne, l'empereur d'Autriche lui avait donné rang dans sa noblesse ; l'empereur Alexandre, qui avait voulu être parrain d'un de ses fils, avait nommé *Moritz von Bethmann* son conseiller d'État et son consul général dans la ville de Francfort. Le train de maison de mon oncle n'était pas d'un particulier, mais d'un prince, sans faste néanmoins, sans ostentation, magnifique avec simplicité. Bien qu'il habitât, par esprit de tradition, dans une des plus vieilles rues de la ville, la *Buchgasse*, la vieille maison en bois appelée le *Baslerhof**, maison de triste apparence et de

* Un usage du Moyen Âge allemand donnait un nom, un emblème, une légende aux maisons que l'on bâtissait. La maison du *Baslerhof* (cour de Bâle) doit avoir pris son nom du berceau de mon aïeule. Attenant au *Baslerhof* et en faisant partie, était la petite maison surnommée le *Vogelstrauss* (l'Autruche), que j'ai habitée avec ma mère et où je voyais encore l'an passé (1865), non sans émotion, sur la façade extérieure, la vieille image peinte, fort injuriée du temps, mais entière néanmoins, grave et pensive, de l'oiseau du désert.

distributions surannées, mon oncle y recevait avec grandeur la plus grande compagnie européenne*.

Il avait exigé de sa mère qu'elle eût une véritable suite de dames de compagnie**, demoiselles de service, lecteur, médecin et chapelain, rien n'y manquait, avec une voiture toujours attelée dans la cour, en cas qu'elle voulût inopinément sortir ou faire ramener chez lui quelqu'un de ses hôtes. On donnait au *Baslerhof* de grands repas, dîners, goûters, soupers sans fin. Les vins du Rhin, les faisans de la Bohême, où ma grand-mère possédait des domaines seigneuriaux, les primeurs de ses serres, les mets exquis apprêtés par des cuisiniers français de premier talent, y flattaient le goût raffiné des vieux diplomates du *Bundestag*[1]. À tout cet éclat d'opulence, la jeune femme de mon oncle, la Hollandaise Louise Boode, qu'il avait épousée par amour, un peu contre le gré de ma grand-mère, était venue ajouter l'éclat naturel d'une merveilleuse

* Cette compagnie se composait alors des souverains de passage à Francfort, de leurs représentants à la Diète, de princes médiatisés [placés sous la suzeraineté de l'empereur] et non médiatisés, de maréchaux illustres par le gain ou la perte de batailles épiques. On y voyait le prince Primat, le duc de Dalberg, le prince de Metternich, le prince de Hardenberg, le prince Worontzow, le comte de Tettenborn, les Humboldt, Frédéric Schlegel, la vieille comtesse de Stolberg, mère de la princesse d'Albany, la princesse de Vaudémont, la comtesse de Custine, la comtesse de Pappenheim, et les plus riches familles francfortoises : les Brentano, les Guaita, les Schlosser, les Metzler, les Gontard, les Jassoy, etc.

** La première dame de compagnie de ma grand-mère n'était rien de moins que la veuve d'un échevin de Francfort. La bonne dame, économe et prévoyante, profitait, au dessert, de la cécité de ma grand-mère pour fourrer dans ses larges poches toute une provision de biscuits, de macarons, de pains d'épices, etc. Nous autres enfants, nous nous divertissions fort à la prendre en flagrant délit et à la déconcerter par nos rires, dans ses entreprises.

1. Parlement de la confédération germanique.

beauté. Les lettres, les arts, les sciences étaient conviés aussi à rehausser les splendeurs de la maison. L'*oncle* apportait dans son négoce les façons d'un Médicis. Dans les jardins anglais, plantés par la ville sur les anciens glacis des fortifications abattues, il avait fait construire, en l'honneur de l'*Ariane*, sculptée pour lui par Dannecker*, un petit temple ou musée où il avait réuni, pour l'enseignement des jeunes artistes, une collection de moulages d'après l'antique**. On faisait chez lui des lectures d'ouvrages nouveaux qui méritaient l'attention. On donnait des concerts, où la reine du

* Dans l'année 1809, J. H. Dannecker, né en Wurtemberg le 15 octobre 1758, élève de Pajou et de Canova, professeur à la Karls-Academie, mort en 1814, après avoir exécuté un grand nombre de statues et de bustes qui lui valurent en son temps une célébrité presque égale à celle de Thorwaldsen. Il avait été l'ami de Schiller, de Herder, de Goethe. Dans une lettre à Meyer, 1797, l'auteur de *Faust* lui rend ce témoignage : « *Professor Dannecker ist, als Künstler und Mensch, eine herrliche Natur und würde, in einem reichern Kunstelemente, noch mehr leisten als hier (Stuttgart) wo er zu viel aus sich selbst nehmen muss* » [« Le professeur Dannecker est, comme artiste et comme homme, un être exceptionnel et, dans un environnement culturel plus riche, il pourrait être plus productif qu'ici (Stuttgart), où il doit trop tirer de son propre fonds »] (Lettre à Meyer, 1797).

** Goethe, à qui rien n'échappait de ce qui pouvait servir les arts et honorer ses concitoyens, parle ainsi de l'activité bienfaisante et éclairée de Moritz von Bethmann : « *So steht schon jetzt eine Sammlung von Gypsabgüssen antiker Statuen in dem Garten des Herrn von Bethmann. Und was lässt sich nicht von einem Manne erwarten, dessen Neigung und Thätigkeit durch ein so grosses Vermögen in lebhafter Bewegung erhalten wird !* » [« Il y a déjà une collection de moulages de statues antiques dans le jardin de M. von Bethmann. Et que ne peut-on attendre de quelqu'un dont le goût sans cesse en éveil et l'activité permanente sont menés par une si vive intelligence ! »] (*Aus einer Reise am Rhein, Main und Neckar, in den Jahren 1814-1815* [*Voyage sur le Rhin, le Main et le Neckar dans les années 1814-1815*].)

chant, Catalani[1], se plaisait à lutter, de son gosier d'oiseau, avec les archets les plus fameux, dans les *Variations de Rode*. On représentait des *tableaux* où la beauté de ma tante défiait le génie des maîtres anciens. Jamais artiste ou écrivain, allemand ou étranger, jamais talent, quel qu'il fût, ne traversait Francfort sans recevoir au *Baslerhof* une large hospitalité. Madame d'Arnim[2] raconte dans ses *Lettres d'un enfant* une lecture de *Delphine*, dans les salons de Moritz, à laquelle elle assiste en enfant gâté qu'elle est, faisant avec son mouchoir de poche des marionnettes qui distraient le grave auditoire ; *attendu*, écrit-elle à Goethe, *que le fameux roman de la Staël est la chose la plus absurde qu'elle ait jamais ouïe*. Du même ton et d'une pointe de jalousie, l'*Enfant* raconte ailleurs l'entrevue, au *Baslerhof*, de *Frau Rath*, la mère de Goethe, avec l'illustre fille de Necker. Bettina appelle ironiquement cette rencontre une *grande catastrophe*. S'adressant à l'auteur de *Faust*, elle lui décrit, d'un crayon espiègle, l'abordage des deux puissances féminines. Je ne résiste pas au désir de reproduire ici ce passage de la *Correspondance avec Goethe*, tant je le trouve caractéristique, tant il fait bien voir le milieu, le cercle, la maison où, sept années après, j'étais, moi aussi, transportée par une grande, par une véritable catastrophe. La lettre de *Bettina* est datée du 7 août 1808. « Ta mère, écrit-elle à Goethe, s'était parée à miracle. Elle portait sur l'édifice de sa coiffure trois plumes d'autruche, une bleue, une rouge, une blanche, les trois couleurs nationales du

1. Angelica Catalani (1780-1849), soprano italienne.
2. Bettina Brentano von Arnim (1785-1859) avait publié sa *Correspondance de Goethe avec une enfant* en 1835 (Marie d'Agoult en avait rendu compte dans *La Presse*). Elle s'y moquait de *Delphine* (1802) et y racontait notamment la rencontre de Mme de Staël avec la mère de Goethe qui est évoquée juste après.

peuple français, qui se balançaient dans trois directions diverses. Elle était fardée avec art ; ses grands yeux noirs tiraient le canon ; à son cou, s'enroulait la fameuse chaîne d'or, présent de la reine de Prusse ; des dentelles antiques et magnifiques, un vrai trésor de famille, couvraient sa poitrine. De l'une de ses mains, gantée de blanc, elle tenait un éventail considérable avec lequel elle mettait l'air en mouvement ; de son autre main, de ses doigts où brillaient des anneaux de pierreries, elle prenait de temps en temps sa prise dans une tabatière d'or enrichie d'une miniature où tu figures, les cheveux pendants, bouclés et poudrés, la tête pensive, appuyée sur ta main. Dans la chambre à coucher de Moritz von Bethmann, sur le tapis de pourpre où se dessine, dans un médaillon blanc, un léopard, la compagnie des dames âgées et titrées formait, en grand gala, un demi-cercle imposant. De belles plantes de l'Inde, aux tiges élancées, montaient le long des panneaux vers le plafond. La chambre était éclairée par la lumière mate de lampes aux globes dépolis. Faisant face au demi-cercle, se dressait sur son estrade, entre deux hauts candélabres, le lit aux rideaux de pourpre. Je dis à ta mère : "Madame de Staël va croire qu'elle comparaît devant la cour d'amour, car ce lit semble véritablement le trône de Vénus." Enfin, tout au bout d'une suite de salons illuminés, apparut à nos yeux *la longuement attendue, die Langerwartete* ! Elle était accompagnée de Benjamin Constant, ajustée en Corinne : sur sa tête, le turban de soie aurore ou orangé, la tunique de même couleur ; la ceinture nouée très haut et de telle façon que son cœur devait être fort mal à l'aise ; ses yeux et ses cils noirs brillaient, ses lèvres aussi, d'un rouge mystique ; son gant, descendu jusqu'au poignet, ne couvrait que la main, qui tenait, comme d'habitude, la fameuse branche de laurier. Comme la chambre où on l'attendait est plus basse que les salons, il lui fallut descendre quatre marches. Malheureusement, au lieu de rassembler par-derrière les plis de sa jupe, elle les retroussa par-devant, ce qui fut un terrible accroc dans la solennité de la réception. Rien de plus comique, en effet, que le moment où l'immense personne, accoutrée à l'orientale, fondit tout à coup sur la vertueuse et roide assemblée des dames francfortoises. Ta mère me jeta un regard plein de vaillance, dans l'instant qu'on les présentait l'une à l'autre. Je me tenais à l'écart pour bien observer la scène. Je remarquai l'étonnement de la Staël à la vue du costume bizarre et du maintien de ta mère, dont l'orgueil s'enflait à vue d'œil.

De sa main gauche elle étalait les plis de sa robe ; avec la droite elle saluait de l'éventail et s'inclinait à plusieurs reprises d'un air de condescendance. Elle dit bien haut, en français, de manière à être entendue de tout le cercle : « Je suis la mère de Goethe. — Ah ! je suis charmée... », dit la femme de lettres, et tout retomba dans un silence solennel. Puis vint la présentation de la suite des gens d'esprit, curieuse, elle aussi, de connaître la mère de Goethe. »

Le goût qu'avait mon oncle pour les arts était partagé par sa sœur aînée, Suzanne Élisabeth, veuve de Jean-Jacques Hollweg qui avait été longtemps associé de la maison Bethmann et qui laissait une fortune considérable. Ma tante Hollweg, *die Hollwegin*, comme l'appelait sa mère, avait longtemps demeuré en Italie. Elle avait fréquenté à Rome l'atelier de Thorwaldsen[1], qui fit pour elle des bustes et des bas-reliefs*. Elle possédait

1. Berthl Thorwaldsen (1768-1844), sculpteur d'origine danoise

* Plusieurs de ces bas-reliefs se voient dans le caveau funéraire de la famille Bethmann au cimetière nouveau de Francfort. L'un d'eux représente les derniers moments du jeune Philippe

quelques tableaux, et son jugement en matière d'art faisait autorité dans la famille. Plus riche et plus constamment présente, restée plus parfaitement francfortoise et bourgeoise que ses autres sœurs, dont la plus jeune avait, comme ma mère, épousé un gentilhomme, le baron de Mettingh, avec lequel elle habitait Munich et fréquentait la cour, ma tante Hollweg était, après l'*oncle*, le personnage important du cercle de famille. On y voyait, autour d'elle, ses deux filles, mesdames Grunelius et de Saint-George, avec leurs enfants, et, de loin en loin, son fils, Auguste Hollweg, jurisconsulte distingué, élève de Savigny, qui, plus tard, devint possesseur du beau château de Rheineck sur les bords du Rhin, curateur de l'université de Bonn, député aux premiers états généraux de Prusse, conseiller d'État et ministre des cultes sous le règne du roi [Frédéric-] Guillaume IV*.

Hollweg, mort victime de son humanité. S'étant jeté dans les eaux de l'Arno par un très grand froid pour sauver un enfant qui se noyait, Philippe Hollweg en sortit saisi d'un frisson mortel ; la fièvre ne le quitta plus ; les poumons se prirent ; il expira à la fleur de l'âge, inconnu encore de tous, et pleuré seulement de sa mère. Mais l'amour maternel et le génie de l'art ont conjuré l'oubli sur sa tombe. Le nom de l'adolescent généreux et le noble élan de son cœur sont perpétués à jamais dans le marbre impérissable. Le bas-relief de Thorwaldsen, bien qu'il ne représente qu'une scène de famille, ne manque pas de grandeur. On y voit la mère de Philippe, au moment où elle vient d'apprendre la fatale nouvelle, affaissée, éplorée, soutenue par ses deux filles. Le fleuve Arno, personnifié dans le bas-relief, à la manière de la Renaissance, sous les traits d'un vieillard à la longue barbe, appuyé sur sa rame, et couronné de roseaux, est une des œuvres les plus fines du ciseau de Thorwaldsen.

* On a de lui [Moritz-August von Bethmann-Hollweg] des ouvrages estimés, entre autres : *Gerichtsverfassung und Process des sinkenden römischen Reichs* [*La Chute de l'empire romain et le système judiciaire*] (1834), *Ursprung der lombardischen Städtefreiheit* [*L'Origine des villes libres en Lombardie*] (1846).

Mais je reviens à mes premiers étonnements, au *Baslerhof*. Tout y était vraiment magnifique, et bien fait pour éblouir les yeux d'un enfant accoutumé aux simplicités de la vieille noblesse française et aux mœurs campagnardes d'un gentilhomme chasseur ; mais je n'étais pas d'un tempérament facile à éblouir, et dès lors, tout enfant que j'étais, il me paraissait déjà très simple, et comme indifférent d'habiter un palais ou une mansarde, d'être nourrie d'ortolans ou de pain bis, n'y regardant que la compagnie et le contentement du cœur. Plus tard, même après expérience faite des divers états de la fortune, la vie opulente ayant été pour moi toujours la vie ennuyée, j'ai eu beaucoup de peine à ne pas confondre ces deux notions : tristesse et richesse ; d'où il est résulté chez moi un détachement des biens extérieurs, assez rare, je crois, toujours, mais à peu près introuvable chez les personnes de mon temps et de mon sexe.

Je sentais aussi confusément dans les réunions de famille du *Baslerhof*, et jusque dans les caresses qu'on nous y faisait, à ma mère, à mon frère et à moi, je ne sais quoi d'indéfinissable, qui nous laissait étrangers. Ma grand-mère n'avait pas encore pardonné, après vingt ans, la hardiesse de sa fille à lui désobéir pour épouser mon père. Son orgueil bourgeois s'irritait à la pensée des fiertés aristocratiques qu'elle nous supposait à tous trois. Ce titre de comtesse donné à sa fille, en sa présence, l'offusquait ; et lorsque ses gens, parlant de moi, me désignaient, selon l'usage allemand, sous le nom de *petite comtesse, kleine Gräfin*, elle souriait d'un sourire sarcastique qui me déplaisait fort et que je ne m'expliquais pas du tout*.

* J'ai compris plus tard ce sourire de ma grand-mère en retrouvant dans la bourgeoisie française exactement les mêmes préventions, avec cette malehumeur envieuse qui lui fait attacher

Mon oncle Bethmann était, pour ses sœurs et pour leurs enfants, toujours aimable, et je lui entendais dire, à l'occasion, sur mon joli visage, des choses qui ne me déplaisaient pas ; mais sa vivacité extrême effarouchait ma timidité, et d'ailleurs il ne faisait que des apparitions dans le cercle de famille. Quant à ma tante Hollweg, qui ne m'adressait jamais la parole, quant à mes cousins et cousines, que je distinguais à peine les uns des autres, tant la discipline de la maison les faisait pareils dans le silence, j'éprouvais à leur égard plus d'éloignement que d'attrait. Comme aussi je parlais l'allemand des livres, avec un petit accent parisien dont se gaussaient ces jeunes Francfortois, comme je n'avais pas appris l'art du tricot et que je restais les mains vides, désœuvrée et décontenancée, dans le cercle tricotant de mes cousines, la station obligée, après les repas, dans le salon de ma grand-mère devint pour moi une véritable disgrâce. Une mésaventure qui m'y arriva acheva de me faire prendre en grippe ce salon solennel. Un jour, au sortir de table, comme on venait de manger un excellent lièvre rôti dont on parlait encore, la *vieille dame de Bethmann*, ma mère ne se trouvant pas là, se tourna vers moi brusquement, pour savoir combien, à Paris, on aurait payé un tel lièvre. Qui fut en peine ? Ce fut moi. Je savais comment on chassait les lièvres, j'ignorais absolument combien on

---

aux titres de noblesse une importance que ces titres n'ont jamais eue aux yeux des gentilshommes. En France, autrefois, on ne considérait comme *titrés* que les ducs, et cela parce qu'ils avaient, à la cour, des préséances. Jamais, avant certaines fréquentations et certains incidents que je raconterai plus loin, parce qu'ils m'ont paru du meilleur comique, je n'aurais imaginé que, dans notre pays d'égalité, sous notre niveau démocratique, ce ne fût pas à tous les yeux chose indifférente d'être ou de n'être pas comte, vicomte, marquis, comtesse ou baronne.

les payait. Je balbutiai ; la vieille dame insista ; je dis un chiffre en l'air, le cercle de mes cousines éclata de rire. Ma grand-mère fronça le sourcil. Par bonheur, on apportait le café à la crème, qui mit fin à la conversation et à mon ennui.

Une autre fois la chose fut de plus grande conséquence. Je ne sais trop comment, me trouvant seule au salon avec ma grand-mère, elle laissa tomber une maille du bas qu'elle tricotait ; et, comme elle avait coutume de le faire avec sa dame de compagnie, elle me mit dans la main son tricot et ses aiguilles. Lui dire que je ne savais pas relever une maille et lui offrir d'appeler sa femme de chambre, c'était la seule chose à faire ; mais cette chose si simple ne me vint pas à l'esprit, tant je l'avais troublé. Je tins le bas longtemps, le tournant dans mes doigts que glaçait la peur ; un mouvement involontaire fit dégringoler maille sur maille. La *vieille dame*, me trouvant lente à l'ouvrage, s'impatientait. Cette fois, ce fut l'entrée de madame l'Échevine qui me sauva. Voyant le cas, elle fit diligence, dissimula, et répara ma bêtise ; mais je me sentais humiliée profondément, et ma répugnance pour le redoutable salon de la redoutable grand-mère fut portée au comble.

À quelque temps de là, il s'y passa encore une scène consternante, et qui faillit devenir tragique. Mais avant de la raconter, il faut que j'en explique l'occasion et que je revienne en arrière.

À l'époque où ma mère, née dans la confession d'Augsbourg, épousa mon père né catholique, ni l'un ni l'autre ne songèrent, amoureux qu'ils étaient, à cette différence de cultes. Mon père, élevé par sa mère selon les habitudes d'esprit du XVIIIe siècle, ma mère qui ne se préoccupait guère de dogmes, laissèrent, en se mariant, aux usages à régler quelle serait la religion des enfants à naître. Cela allait alors de soi : dans toutes les unions mixtes, les garçons suivaient le culte du père, les filles celui de la mère. Mes parents ne trouvaient là rien à reprendre ; je fus baptisée à Francfort, selon le rite protestant ; j'eus pour marraine la *vieille dame*, pour parrains mes deux oncles maternels Moritz von Bethmann et Bethmann-Hollweg. Aussi longtemps que nous demeurâmes en Allemagne, il n'y eut pas lieu à délibérer sur la chose entendue. Mais lorsqu'on fut rentré en France ma grand-mère paternelle, soucieuse des avantages de la famille, fit observer à son fils qu'il ne serait pas utile pour moi d'être instruite selon Luther dans un pays où tout le monde l'était selon Bossuet, et que d'aller au prêche quand nos princes allaient à la messe n'était pas chose bien avisée. Le fond même de la question, la vérité des dogmes, l'avancement de ma vie spirituelle, le salut de mon âme, la touchaient en ceci médiocrement, mais seulement les bienséances. Ma grand-mère était, comme on l'est généralement en France, très *conformiste*. Faire comme tout le monde, c'était à ses yeux, *bien faire* ; être comme tout le monde, c'était être sage et respectable. J'étais appelée à vivre et à m'établir dans une société catholique, disait-elle ; pourquoi m'y ranger à l'avance dans l'exception, et dans l'exception défavorable ? Combien le choix de mes parents, quand il faudrait me donner un mari, n'en serait-il pas restreint ! À quels embarras on s'exposerait en me laissant protestante ! L'argument parut sans réplique à mon père ; ma mère s'y rendit ; dans un de ses voyages à Paris, l'*oncle* dit : « Qu'à cela ne tienne ! » À la distance où l'on était de la *vieille dame de Bethmann*, on se croyait à l'abri de ses colères, ou plutôt on n'y pensa pas. Tout alla donc ainsi sans conteste ; la première communion où la chose devait se déclarer étant encore lointaine, on n'en parla plus ; et, quand je vins à Francfort, je ne me savais pas plus catholique ou protestante que je ne me sentais allemande ou française. Mais la bombe éclata, comme on va le voir. Mon aïeule, je crois l'avoir dit, était une huguenote d'ancienne roche, à cheval sur les Saintes Écritures et les confessions de foi. Soupçonnant, peut-être, la défection de sa fille, et craignant de sa part quelque feinte, elle dissimula de son côté jusqu'au jour où, seule avec moi et sa dame de compagnie, n'y pouvant plus tenir, elle s'attaqua vivement à ma candeur, et me fit à brûle-pourpoint cette interrogation inattendue : « *Du bist doch nicht Katholisch ? tu n'es pas catholique, j'espère ?....* » Je ne sais ce que je murmurai entre mes lèvres. « *Ich versteh dich nicht*, je ne te comprends pas », reprit ma grand-mère, d'un ton impérieux. « *Die Katholiken hass ich, je hais les catholiques* », ajouta-t-elle avec un accent foudroyant, et de l'air dont elle m'aurait donné sa malédiction. La dame de compagnie épouvantée se hâta, à tout hasard, d'affirmer que je n'étais pas catholique. Quant à moi, sans comprendre comment et pourquoi on devait *haïr les catholiques*, je sentis d'instinct qu'en ce moment la *vieille dame* s'attaquait à mon père, et je la pris décidément en aversion.

Cette scène, rapportée à ma mère, la jeta en grand effroi. Elle ne se sentait pas le courage de confesser la vérité. Il fallut que l'*oncle* intervînt. Ce qui fut dit entre lui et mon aïeule, je ne l'ai jamais su. Je n'entendis plus parler de rien. On ne me conduisit ni au prêche ni à la messe ; et, à quelques jours de là, j'ignore si ce fut par suite de cet incident, on me mit dans un pensionnat de petites demoiselles.

V

La pension Engelmann. — Ma cousine *Cathau*. — Les galants. — La *simarre* cramoisie. — La bénédiction de Goethe.

Cet exil de la maison maternelle eût été pour moi, en France, dans mon existence joyeuse et libre auprès de mon père, une désolation. Ainsi, ce fut comme une délivrance. Je n'entrais pas seule d'ailleurs en pension. Une jeune sœur de ma tante Bethmann, Catherine ou Cathau Boode, y entrait avec moi.

Elle était plus âgée que moi de quatre années, très rieuse, très enfant encore au moral, mais très précoce dans ses grâces physiques, très remarquée déjà des jeunes gens, jolie et coquette à merveille.

C'était pour moi une compagne avenante, mais non, peut-être, telle que l'eût voulue une prudence entière. Quand nous venions ensemble, le dimanche, à la maison de campagne de ma grand-mère ; quand notre maître de pension, M. Engelmann, faisait faire à ses élèves la promenade du tour des remparts, dans les bosquets fleuris ; quand on nous conduisait au petit temple grec de l'*Ariane* ; quand ma tante nous menait en calèche découverte à *Rodelheim*, à *Bockenheim*, au *Sandhof*, dans tous les riants alentours, les grands yeux noirs de ma cousine Cathau attiraient autour d'elle tout un essaim de galants. Ce qu'on lui disait, ce qu'elle répondait, je ne l'entendais qu'à moitié, et je ne le comprenais guère ; mais je sentais vaguement qu'il y avait entre les personnes jeunes des deux sexes quelque chose de très aimable et d'un peu secret qu'il m'eût été doux de connaître. Je surprenais des sourires, des regards qui ne me concernaient pas, mais qui me faisaient rougir. Les bouquets qu'apportaient à mon heureuse cousine de beaux cavaliers me semblaient bien plus gracieux et de plus délicieuse odeur que les fleurs coupées pour moi, de la main du jardinier, dans les plates-bandes de la *vieille dame*.

Un événement singulier qui se passa dans nos classes contribua à me troubler davantage. Quelques élèves qui touchaient à leur quinzième année se préparaient à la communion luthérienne. Un jeune professeur en théologie venait régulièrement leur donner l'instruction religieuse. Tout à coup, nous apprîmes qu'il était chassé de la maison. Nous vîmes ses élèves consternées. L'une d'entre elles, la plus jolie, pleurait ; on murmurait qu'elle aussi, elle allait être renvoyée chez ses parents. M. Engelmann, très sombre, lui lançait des regards farouches. Que s'était-il passé ? Quelques-unes de nos compagnes en paraissaient instruites, mais elles se cachaient des autres pour en parler. Ma cousine Cathau, d'un air secret, me disait : « C'est un roman. » Mais qu'était-ce qu'un roman ?....

Bien qu'excitée à la vanité par tout ce que j'entendais dire à mes compagnes au sujet de ma noblesse et de l'opulence de mes parents, par mes succès aussi dans la classe, par les riches présents, fort au-dessus de mon âge, que me faisaient mon oncle et mon aïeule, je demeurai à la pension Engelmann ce que j'étais chez nous : modeste, et plus embarrassée que flattée de tout ce qui semblait faire de moi un objet d'envie. Je me souviens, par exemple, du vif déplaisir que me causa un présent magnifique de la *vieille dame*, à l'occasion des fêtes de Noël. C'était, je la vois encore, une pelisse ou *simarre* en velours cramoisi, bordée de fourrure. Rien de plus éclatant, rien de plus théâtral. Le *Pelz* rouge, à glands d'or, que portait la mère de Goethe, qu'elle admirait, flottant au vent sur l'épaule de son fils dans les évolutions du patinage, et dont un célèbre artiste de nos jours a voulu perpétuer le souvenir* devait ressembler beaucoup à ma simarre. Je me figure que ce goût des riches manteaux pouvait bien être à Francfort un souvenir du manteau impérial et de ceux que portaient les hauts dignitaires pendant les cérémonies du couronnement : souvenir d'enfance pour la plupart, qui, au dire de Goethe, considéraient cette époque du couronnement, quand ils y avaient participé ou seulement assisté, comme *le point culminant de leur existence* ; souvenir ineffaçable qui se ravivait, de génération en génération, à chaque couronnement. Quoi qu'il en soit, ce vêtement à grand effet, qui attirait sur moi tous les yeux, loin de me rendre glorieuse, me fut un supplice moral cent fois plus difficile à supporter que la gêne matérielle de ma *Minerve*, et la première demande que j'adressai à ma mère, lorsque nous eûmes quitté Francfort, ce fut de me promettre que l'on ne me ferait plus jamais porter ma simarre.

On le voit, ce premier séjour en Allemagne ne marque dans ma mémoire que par des impressions vagues de refoulement et d'une sorte d'isolement mélancolique au milieu des bruits d'un pensionnat ou d'un cercle de parenté nombreux. Une seule chose me reste

* Kaulbach, dans sa jolie composition, *Goethe à Francfort* [la gravure fait partie d'un ouvrage intitulé *Goethe Galerie* (1862) par le peintre Wilhelm von Kaulbach (1806-1854) ; Goethe y est représenté dans un large manteau, patinant au milieu d'un cercle d'admiratrices].

distincte : un souvenir auquel, toute ma vie, s'est attachée pour moi une sorte de superstition.

On en rira, je suppose ; mais n'importe. Je ne rougirai pas d'une superstition à laquelle je dois, peut-être, ce qu'il y a eu de meilleur et de plus haut dans ma vie morale.

J'ai parlé de la maison de campagne de ma grand-mère. Cette maison, qu'habite aujourd'hui mon cousin Moritz von Bethmann, est située, hors des anciens remparts, en vue de la porte de Friedberg et du monument érigé par le roi de Prusse, Frédéric-Guillaume II, à la mémoire des soldats hessois qui furent tués, le 2 décembre 1792, à l'assaut des murs de la ville, occupée alors par Custine[1]. Spacieuse, avec un très grand jardin, cette belle demeure était historiquement consacrée par le séjour qu'y fit l'empereur Napoléon, lors de la retraite de Leipzig. À l'issue du combat de Hanau, l'empereur et son état-major passèrent sous le toit de mon aïeule la nuit du 31 octobre 1813. Mon oncle Bethmann et le sénateur Guiolett[2], maire de la ville (le même dont il est question dans les lettres de Goethe, comme étant le créateur des jardins, *Anlagen*, plantés sur les glacis), allèrent à la rencontre de Napoléon, à la tête d'un détachement de cavalerie de la milice, contenant ainsi, de leur présence, les dispositions hostiles de la foule très excitée contre les Français vaincus*.

C'est dans cette même maison que, trente-cinq ans plus tard, le 18 septembre 1848, fut apporté, expirant,

1. Adam de Custine (1740-1793), général de l'armée républicaine, condamné à mort après la perte de Mayence ; il est le père d'Astolphe de Custine.

2. Jakob Guiolett, maire de Francfort.

* Goethe, *Kunstschätze am Rhein, Main und Neckar*, 1814-1815 [*Trésors artistiques des bords du Rhin, du Main et du Neckar*].

le prince Félix Lichnowsky, massacré, avec le comte d'Auerswald, par une bande de paysans, dans un tumulte révolutionnaire*.

Mais je ne savais rien alors, je ne pouvais rien prévoir de ces illustrations historiques de la maison maternelle. Je jouais sous les ombrages du jardin, je m'émerveillais à la vue de ses plantes tropicales et de ses jets d'eau ; ce n'était pas toutefois sans soupirer en songeant combien étaient loin, et combien seraient pour moi plus charmants nos jardins du Mortier dont je n'osais parler à personne : mon *allée souterraine*, ma volière, nos basses-cours, nos vergers, et jusqu'au chenil de mon père.

Un dimanche du mois de septembre, comme je m'amusais au jardin avec de petites compagnes, nous vîmes venir vers nous, par une longue allée droite, un vieillard auquel toute la famille faisait cortège, et à qui l'on paraissait rendre de grands honneurs. Nous regardions de tous nos yeux : « C'est monsieur de Goethe, *Es ist der herr von Goethe* », s'écria ma cousine Cathau ; presque au même moment, je m'entendais appeler. J'aurais voulu m'enfuir, mais il n'y avait plus moyen : on était déjà trop près de nous. Il fallait m'avancer vers ce cortège imposant. Comme j'approchais : « C'est ma petite nièce Flavigny », dit l'oncle Bethmann à monsieur de Goethe. Le vieillard me sourit ; il me prit par la main, me dit, tout en marchant, quelques mots que je n'entendis pas, et, s'étant assis sur un

* Le 27 juillet 1863, j'allai voir, au bras d'un étranger, dans cette maison où je suis devenue une étrangère, le masque du prince Lichnowsky, moulé après sa mort. Je l'avais connu plein de vie, au plus éclatant de ses aventures galantes et guerrières. Mon cœur se serra en songeant à la fin que prennent si vite les ambitions, les présomptions, les erreurs et les retentissements de la plus brillante jeunesse.

banc, il me retint à ses côtés, interdite. Peu à peu, pendant qu'il s'entretenait avec mes parents, je m'enhardis jusqu'à lever sur lui les yeux. Tout aussitôt, comme s'il l'avait senti, il me regarda. Ses deux prunelles énormes qui flamboyaient, son beau front ouvert et comme lumineux me donnèrent une sorte d'éblouissement. Lorsqu'il prit congé de mes parents, Goethe mit sa main sur ma tête et l'y laissa, caressant mes cheveux blonds : je n'osais pas respirer. Peu s'en fallut que je ne me misse à genoux. Sentais-je donc qu'il y avait pour moi, dans cette main magnétique, une bénédiction, une promesse tutélaire ? Je ne sais. Tout ce que je puis dire, c'est que plus d'une fois, dans ma longue existence, je me suis inclinée en esprit sous cette main bénissante, et qu'en me relevant je me suis toujours sentie plus forte et meilleure.

VI

Retour au Mortier. — Les Vendéens. — Les ultras. — Le prince de La Trémoïlle. — La chasse. — *Mylord* et *Figaro*. — La pêche aux écrevisses. — La chienne sauvage. — Le petit colporteur. — L'amitié parfaite.

Quand, au commencement de l'été 1816, nous rentrâmes en France, quand j'embrassai mon père, j'en eus une joie si vive et si parfaite que j'oubliai en un instant toutes mes peines. Avec lui, au Mortier, ma vie recommença, libre et heureuse, dans un cercle d'occupations et de plaisirs qui allait s'agrandissant à mesure que moi-même je grandissais.

Plus souvent et plus longtemps au salon, dans la familiarité des amis de mon père, j'appris ce qui s'était passé en notre absence et j'entendis des entretiens qui jetèrent dans mon esprit de premières et vagues lueurs de guerre et de politique.

Sur le point de se rendre dans la Vendée, mon père, avec deux de ses amis, MM. de Malartic et de La Béraudière, avait été mandé dans le cabinet de Fouché. On sait combien était, à ce moment, équivoque l'attitude du ministre de la Police. Il nouait de tous côtés des fils, prévoyait toutes les chances, prenait tous les masques. Dans les entours du comte d'Artois[1], on se flattait de l'avoir gagné. Fouché s'entretint longtemps, et en apparence confidemment, de la situation, avec mon père et ses deux amis. Il leur présenta que le rétablissement des Bourbons dépendait uniquement de la lutte qui allait s'engager entre l'armée de Napoléon et les armées alliées. Il leur démontra sans peine que le soulèvement des paysans vendéens ne pourrait pas tenir contre vingt-cinq mille hommes de troupes régulières, commandées par les généraux Lamarque et Travot, soutenues par la garde nationale des villes. Il les exhorta à se rendre auprès de leurs compagnons d'armes, en qualité de pacificateurs, pour leur exposer la vérité des choses, et les détourner d'un combat trop inégal, qui n'avait aucune chance de succès.

Les trois amis persuadés acceptèrent la mission qui leur était offerte. Ils se rendirent auprès des chefs vendéens. Ils y furent écoutés diversement. MM. de Sapinaud, de Suzannet, d'Andigné, d'Autichamp prêtèrent l'oreille à la proposition d'une suspension d'armes ; mais le général en chef de l'expédition, Louis de La Rochejacquelein et son frère Auguste[2] crièrent à la trahison. L'esprit de défiance et de jalousie qui soufflait dans le camp des Vendéens hâta la dispersion des paysans ; malheureusement des prises d'armes partielles et inutiles firent encore verser un sang généreux.

Lorsque tout fut dit de cette prodigieuse aventure des *Cent-Jours*, quand l'*usurpateur* fut sur son rocher, quand l'occupation étrangère eut pris fin, quand le souverain légitime, ramené par les Alliés, voulut commencer de régner selon la Charte, les Vendéens, avec tous les royalistes *bien-pensants* — c'est ainsi que se qualifièrent entre eux les adversaires déclarés de toutes nouveautés libérales — entrèrent en grand déplai-

1. Charles, frère de Louis XVIII (il lui succédera en 1824).

2. Marie d'Agoult énumère les noms de quelques célèbres chefs vendéens, assez mal disposés à l'égard de Louis XVIII.

sir. Tout en professant très haut le dévouement aux Bourbons, ils frondèrent, d'une lèvre railleuse, l'esprit de modération que voulait faire prévaloir dans ses conseils un prince philosophe. Le comte d'Artois, *Monsieur*, prince d'esprit frivole, entré dans une dévotion étroite, entêté dans ses vues courtes, encouragea ces malcontents. Le pavillon Marsan, où résidait Monsieur, entouré de ses confidents, MM. de Vitrolles, de Bruges, fut une sorte de gouvernement occulte, un perpétuel va-et-vient de plaintes, de murmures. Les favoris de l'héritier du trône parlèrent le langage amer et arrogant qu'on savait ne pas lui déplaire. On fut là plus royaliste que le roi, *ultra royaliste*, aussi séditieux de paroles que l'on avait été fidèle de l'épée.

Tout près de Monsieur, dont elle avait épousé le fils aîné, la fille de Louis XVI, Madame, duchesse d'Angoulême, que l'on plaignait tout haut de son union avec un prince incapable d'héritiers, et de plus entaché de libéralisme, laissait voir que ces excès de zèle n'étaient pas pour lui déplaire ; le duc de Berry, d'un esprit brusque, lançait des incartades contre tout ce qui n'allait pas à sa guise dans le régime nouveau. Quant au duc de Bourbon, il parlait peu, mais naturellement dans le sens de ses fidèles serviteurs de l'armée de Condé. De la sorte, une opposition cavalière, qui confondait dans ses mépris les parlements et les carrefours, la bourgeoisie et le populaire, la Révolution et la Charte, partant du pavillon Marsan où elle saluait son chef, et du faubourg Saint-Germain où, dans quelques salons, des femmes d'esprit l'aiguillonnaient aux témérités, se répandait de château en château, de gentilhommière en gentilhommière, par toute la France.

Mon père, bien que sans ambitions et sans illusions politiques, appartenait d'honneur et d'humeur à ce parti. Le Mortier devint un rendez-vous d'*ultras*, de Vendéens, mécontents et murmurants.

L'un d'entre eux, le plus ancien des camarades de mon père à l'armée de Condé, le prince Louis de La

Trémoïlle, y passait d'ordinaire toute l'arrière-saison. Chasseur paresseux*, indolent joueur de whist, dormeur inéveillable, amateur de longs repas et de plaisirs commodes, volontiers loin de sa femme dont l'esprit vif et piquant fatiguait son flegme, il était attiré chez nous par les petits bois giboyeux, par la partie de whist établie en permanence au salon dans les jours de pluie, par les talents d'Adelheid, et peut-être aussi par le mien qu'il mettait à contribution chaque soir après dîner en me demandant de lui jouer sur le piano ce qu'il appelait un *joli petit air* qui l'empêchait de s'endormir avant l'heure de s'aller coucher. MM. d'Andigné, de La Béraudière, d'Autichamp, de Bourmont, — *ce pauvre Bourmont*, disait-on depuis Waterloo —, de Salaberry, de Maccarthy, de La Bourdonnaye, etc., venaient au Mortier incessamment.

Les récits les plus circonstanciés des moindres combats de la Vendée, la recherche des causes de ses désastres, les comparaisons entre les chefs d'autrefois, Lescure, Bonchamp, d'Elbée, La Rochejacquelein, Charette, et les chefs d'aujourd'hui, faisaient, entre mon père et ses amis, le fond de l'entretien. On y mêlait des critiques acerbes de Louis XVIII. Chose bizarre ! on n'épargnait pas même le comte d'Artois, qu'un mot cruel de Charette avait à jamais flétri. La table du salon était encombrée de caricatures, de chansons sur le duc d'Angoulême[1], sur les députés, sur les fonctionnaires selon la Charte, qui se trouvaient là, pêle-mêle, avec le *Drapeau blanc*, le *Conservateur*, la *Quotidienne*.

* Appendice G. [Marie d'Agoult y cite une lettre de son mari commentant la manière de chasser du prince.]

1. Dauphin à partir de l'avènement au trône de son père, Charles IX, en 1824. Lecteur de journaux conservateurs, collectionneur de brochures et pamphlets contre le régime en place, le père de Marie d'Agoult affiche tous les signes de ses convictions politiques.

On peut croire que je n'arrangeais pas trop toutes ces choses dans ma petite cervelle, ne comprenant guère les mérites ou les démérites du gouvernement parlementaire.

J'écoutais de tout mon cœur et de toutes mes oreilles les récits de la guerre vendéenne. J'en connaissais tous les épisodes : Les *Aubiers, Cholet, Aizenay*, le *champ des Mattes*, etc. Je me passionnais pour ces nobles chevaliers, pour ces paysans héroïques, fidèles jusqu'à la mort à leur Dieu et à leur roi.

Quand la veuve de Suzannet, tué au dernier combat, à Rocheservière, vint chez nous avec ses deux enfants, Louis et Félicie*, je me pris d'enthousiasme pour ces deux petits martyrs de la bonne cause ; et tout en les plaignant, je les trouvais enviables.

Cependant, mes chères études dans la chambre de mon père avaient repris leur cours. Ces leçons à la fenêtre ouverte sur les jardins, leçons sans pédantisme, sans réprimandes, abrégées dès que se trahissait dans mon attitude la moindre fatigue, avaient pour moi un grand charme. Le désir passionné de plaire à mon père et d'obtenir de lui — c'était la récompense suprême — de le suivre à la chasse ou à la pêche, me donnait au travail une vive ardeur, exempte de ces surexcitations de l'amour-propre qui, dans les rivalités des pensions et des lycées, mêlent si tristement la jalousie à l'ambition d'exceller.

Mais, avant de passer outre, il faut que je dise ce qu'étaient ces chasses et ces pêches où je prenais un plaisir si grand.

Les chasses de mon père étaient de deux sortes : la chasse aux chiens courants ou aux chiens bassets, les traques au renard et à la bécasse en nombreuse compagnie ; la chasse au chien d'arrêt, où mon père allait

* Félicie de Suzannet, très jolie et très aimable personne, mariée plus tard au comte d'Autichamp.

le plus souvent seul, ou bien, quand il le pouvait tirer du lit assez matin, avec son flegmatique ami La Trémoïlle. Les chiens courants, bien que la meute fût de belle race et bien soignée — mon père faisait venir ses chiens du Poitou et avait pour premier garde un vieux soldat de l'Empire du nom de Chessous — ne me plaisaient pas ; je les trouvais trop semblables entre eux, trop voraces. La compagnie bruyante et mal accommodée des chasseurs campagnards en casquette de loutre, guêtres de peau, gros souliers ferrés, portant la carnassière à mailles en ficelle, qui venaient chez nous déjeuner de soupe à l'oignon, ne me plaisait pas davantage. J'avais bien un certain plaisir d'orgueil à voir mon père, dans sa belle veste en drap vert — il venait de faire tailler, par dépit, une veste de chasse dans son uniforme vendéen, qu'il ne voulait pas, disait-il, traîner aux antichambres, — quand il prenait la tête au départ, dépasser de sa noble stature tous les chasseurs et, comme d'un naturel commandement, sans parler se faire suivre. Mais combien je préférais les apprêts tranquilles de nos chasses au chien d'arrêt ! quelle joie partagée, quelle intimité véritable entre moi et mes deux favoris : *Mylord* et *Figaro*, si différents d'allures et d'humeur, mais en cela si pareils qu'à l'envi l'un et l'autre ils voulaient me plaire ! Il me semble d'ici les voir en quête dans le champ, le braque *Figaro* au poil ras, blanc, tacheté de brun, de pure race française, et le fauve épagneul *Mylord*, dont le nom dit l'origine ! Les voilà qui se déploient le nez au vent, et qui battent les sillons, l'un hâtif et brillant, à la française, l'autre calme, à la britannique. Dix minutes ont suffi à *Figaro* pour arpenter l'enclos dans tous les sens. Tout à coup, il tombe en arrêt, l'œil fixe, la narine ouverte, la queue en panache. Mon père, sans presser le pas, s'avance à portée de *Figaro* ; il fait un signe ; le chien a compris. Immobile jusque-là, il avance, la perdrix prend son vol, le coup part ; l'oiseau atteint du plomb va tomber dans une haie. C'est à l'épagneul alors d'entrer en scène et de montrer ses talents. D'un flair prompt et certain, au plus fourré des épines, *Mylord* a découvert la perdrix. Il la prend, il la tient dans ses belles dents blanches, avec une délicatesse incroyable. D'un geste, mon père me désigne à son regard. *Mylord* vient vers moi. Il dépose doucement sa proie ensanglantée dans ma petite main, grande ouverte ; mon père le flatte. Et tous quatre nous reprenons le chemin de la maison, où nos quatre appétits, aiguisés par l'air du matin, vont trouver leur compte au déjeuner copieux d'Adelheid.

Ce petit drame à quatre personnages se répétait fréquemment dans la saison d'automne. Dans la saison d'été, par les chaleurs, mon père allait beaucoup à la pêche ; et, comme on s'y fatiguait bien moins, il m'y menait toujours avec lui.

Tantôt dans les étangs de l'ancien château de Bois-le-Roy, qu'habitait un de nos fermiers, on promenait la « senne » lente et sûre ; tantôt on jetait aux profondeurs limpides de notre pièce d'eau le brusque *épervier* ; tantôt enfin, et c'était là ma pêche de prédilection, nous nous en allions par les prairies, nous suivions sous le couvert des aulnes, dans l'ombre et la fraîcheur, les sinuosités du ruisseau. Il s'agissait de rapporter à la maison un buisson d'écrevisses.

Mon père, sur son épaule d'hercule, portait les filets ; un petit paysan éduqué par Marianne, et qu'on appelait mon « page », parce qu'il me servait à table, avait la charge du panier qui renfermait les appâts. Moi, tout aise et tout espérance, je balançais dans l'air la corbeille que la fortune de la pêche allait, à son gré, remplir.

En suivant le cours de l'eau, mon père, aidé de *mon page*, y plaçait de loin en loin, entre les grosses racines des aulnes, auprès des trous pierreux, ses « pêchettes ». C'étaient de petites assiettes rondes, en mailles serrées, emmanchées d'une longue perche. Au milieu de l'assiette était attaché un morceau de viande crue, tentation irrésistible pour la gourmande écrevisse : l'effet ne tardait guère. *D'abord une, puis deux*, elles y venaient toutes. Dès qu'il les voyait enhardies et bien attaquées au festin, mon père, qui avait la main sur la perche, d'un mouvement prompt, tirait à lui la pêchette, avec les écrevisses consternées. La même opération se répétait de proche en proche, tout le long du ruisseau. Quelquefois mon père m'en chargeait. Mais hélas ! timide comme je l'étais, malhabile de mes mains, j'imprimais à la perche un mouvement faux, les écrevisses retombaient au courant de l'onde claire. Mon père riait très fort ; et moi, confuse, j'admirais de plus en plus l'adresse et la grâce qu'il mettait à toute chose.

Au retour, l'opération magique d'Adelheid, qui transformait sur ses fourneaux la sombre carapace de l'écrevisse en manteau d'écarlate, terminait, à mon plus grand contentement, les plaisirs de la journée.

Puisque j'ai parlé de *mon page* — il se nommait Paul —, je dirai quel il était : un vaurien, un franc vaurien, mais joli à croquer, et d'instinct entré dans le rôle qu'indiquait son appellation. Tout en se tenant droit derrière ma chaise, tout en me versant à boire et en me changeant d'assiettes, il s'oubliait à rêver et soupirait, comme d'amour, pour la petite châtelaine. Un jour, il avait dit, parlant de ma peau fine : Mademoiselle Marie est blanche *comme du sucre*, on juge si ce mot fit rire. Ma mère riait moins quand, d'ébahissement, notre « page » amoureux laissait choir, en me regardant, verre, assiette ou carafe. Mais cela n'était pas pour me déplaire, et je ne décourageais mon « page », il faut bien le dire, ni par la moquerie ni par le dédain.

J'ai dit mes amitiés avec le chien d'arrêt. C'était entre nous de la bonne camaraderie, qui se fondait sur notre commune passion pour la chasse et pour mon père ; mais ce n'était rien de plus. Un incident extraordinaire me donna bientôt, dans la race canine que j'affectionnais, une prédilection plus tendre, une amie romanesque comme je l'étais moi-même sans le savoir, une amie comme il me la fallait, exclusive, toute à moi seule.

Pendant l'année que nous avions passée à Francfort, la belle chienne d'arrêt de mon père, *Diane*, effrayée ou indignée de l'occupation du Mortier par les officiers prussiens, s'était allée cacher au fond du bois pour y mettre bas sa portée. Elle avait pâti ; ses petits étaient morts l'un après l'autre, à l'exception d'une chienne, lorsqu'elle-même mourut. Comment l'orpheline abandonnée parvint à se nourrir, je ne le devine pas ; toujours est-il qu'un jour, passant non loin du fourré où elle se cachait, je l'en vis sortir et s'avancer, toute tremblante, jusqu'à une assez petite distance de moi. Je mangeais mon goûter : une tartine de pain et de beurre. La chienne était affamée, cela se voyait à ses yeux ardents, à son effrayante maigreur, qui, en d'autres temps, m'eût fait penser à la louve de Dante.

Elle n'osait pourtant venir jusqu'à moi pour prendre de ma main le morceau que je lui tendais. Je le lui jetai ; elle fondit dessus et le dévora, en s'enfuyant dans le plus épais du bois. Le lendemain, j'y revins en cachette, car c'était le *grand bois*, interdit dans les jours de semaine et où je ne devais jamais aller seule ; j'appelai à demi-voix : *Diane* ! — je lui donnais le nom de sa mère, pensant probablement lui être agréable. Je n'attendis pas longtemps : la sauvage gardait bon souvenir de moi et de ma beurrée ; elle vint à ma voix ; mais elle ne voulut pas plus que la veille prendre son repas de ma main ; il me fallut encore le lui jeter, un peu moins loin cette fois ; elle me fit la politesse de le manger en ma présence, ce qui me rendit très fière. Chaque jour je fis sur son effarouchement une conquête.

Acceptant ce nom de *Diane* que je lui avais donné, elle y répondait par un mouvement de sa queue et par un regard d'intelligence. Elle me suivait quelques pas, de jour en jour un peu plus loin ; un jour enfin, je la persuadai de venir jusqu'à la grille. Mais ce fut la limite de mon ascendant. Jamais je ne pus obtenir d'elle de franchir le seuil de la cour, et pour continuer de la voir chaque jour, ce dont je ne pouvais plus me passer, il me fallut mettre mes parents dans ma confidence. *Diane* n'était point belle. Elle n'avait aucun talent, n'ayant pas reçu d'éducation ; elle était très peu soignée, comme on peut croire, dans son habitation sylvaine. Mais elle m'aimait ; elle m'aimait moi seule ; elle n'appartenait qu'à moi. À mes yeux, cela lui tenait lieu de tout, et me la rendait chère au-dessus de tout.

Ce besoin d'exclusion, ce besoin d'être aimée sans partage a dominé tous les sentiments de ma vie.

Je n'ai jamais joui pleinement d'une affection, amour, amitié, maternité même, dès qu'il m'a fallu voir avec certitude que je ne la sentais pas, que je ne l'inspirais pas absolue. Le *tout ou rien* de Jean-Jacques a été l'erreur, l'inquiétude constante de mon âme et de ma vie. C'est ce besoin de possession exclusive, c'est cet idéal trompeur qui m'a entraînée hors du vrai. *L'égoïsme à deux* a été ma vaine poursuite pendant les plus belles années de ma jeunesse ; elle l'eût égarée, perdue peut-être à jamais, si, pour mon vrai bien, de vives douleurs ne m'eussent avertie, à temps encore, qu'un état aussi excessif n'était pas de la condition humaine, et que j'avais reçu, que tous, grands ou petits, nous avions reçu de Dieu des facultés dont *l'égoïsme à deux*, si haut, si généreux, si divin parfois qu'il paraisse, ne saurait être l'objet ni la fin.

Et c'est pourquoi j'ai tenu à raconter l'histoire de ma chienne sauvage, de ma *Diane* fière et farouche.

[...][1]

1. Le chapitre s'achève sur le souvenir d'un petit colporteur ; les chap. VII et VIII sont consacrés à la première communion de Marie d'Agoult et à une comparaison entre l'éducation que l'on reçoit en France et en Allemagne.

IX

Les lectures en cachette. — Mes compagnes : Esther et Adrienne. — Un secret d'amour. — Mon frère. — Mes jardins idéalistes et ses jardins réalistes. — M. Fiévée. — M. Théodore Leclercq. — La comédie. — La mort.

Ma première communion faite, on me ramena au Mortier (1818). On m'avait déclaré, en sortant de l'église des *Petits-Pères*, où j'avais reçu le sacrement de l'eucharistie, que désormais *je n'étais plus une enfant*. Je me le tenais pour dit, sans trop entendre ce que cela pouvait bien signifier ; et, de fait, ma vie commença de prendre plus d'intensité. La sève de la jeunesse montait ; avec elle, des curiosités infinies.

Il y avait dans un petit *boudoir* proche du salon, où l'on se tenait de préférence en automne mais qu'on me laissait, à moi seule, l'été, pour y écrire mes devoirs, une armoire ou placard, fermée d'un grillage en fil de fer que doublait une soie verte fanée. Cette armoire renfermait, sur des tablettes, un assez grand nombre de livres en petits formats très variés, fort joliment reliés, mais dont aucun n'avait été choisi en vue d'une bibliothèque de demoiselle. Jamais on ne m'avait défendu de lire ces livres, mais quelque chose me disait qu'ils devaient m'être interdits. La première fois que je tournai la clef du placard, étant seule, dans la simple intention de regarder les titres des volumes, je fus prise de peur et, aussitôt, me figurant entendre ouvrir la porte du boudoir, je refermai précipitamment l'armoire et je me rassis à ma table, avec l'air d'écrire. Cette dissimulation fut toute d'instinct, et l'on m'aurait, à coup sûr, fort embarrassée, si l'on m'en eût demandé la cause, car je ne désobéissais à personne ; et quel mal pouvait-il y avoir d'ouvrir, pour regarder des titres de livres, une armoire dont la clef restait à la serrure ?

Le jour suivant je fus plus hardie ; sur le rayon le mieux à portée de ma main, je pris un volume, le plus petit, le plus joli ; je l'ouvris. Il avait une gravure en tête ; c'était *Le Diable amoureux*[1] de Cazotte ; ç'aurait pu être pire. Un nouveau bruit me fit fuir, comme le rat de La Fontaine, avant que de goûter au mets friand. Mais j'y revins ; et bientôt, dans cet exercice répété de l'armoire à la table et de la table à l'armoire, toujours l'oreille au guet, j'acquis une finesse de l'ouïe, une prestesse des jambes extraordinaires. Un jour, fatiguée de me tenir debout près de l'armoire, je m'assis avec mon volume à la table où j'étais censée travailler. C'était bien plus commode et plus sûr. Au moindre mouvement de chaise que j'entendais au salon, je fourrais le volume dans le tiroir de mon pupitre, sous mes cahiers d'analyses ; et, trempant ma plume dans l'encre, j'achevais tant bien que mal la phrase commencée sur le premier empire des Assyriens ou sur les habitants de la Nouvelle-Zélande. Personne ne se doutait de rien ; et de la sorte, je lus pendant toute une saison une infinité de romans : madame Cottin, madame de Genlis, madame Riccoboni, Ann Radcliffe[2], qui mirent en désarroi ma pauvre petite cervelle. Un jour, j'eus la

1. Le roman de Jacques Cazotte (1719-1792) avait paru en 1772.

2. Mme Cottin (1773-1807), auteur de *Malvina* et d'*Élisabeth ou les Exilés de Sibérie*, Mme de Genlis (1746-1830), auteur d'*Adèle et*

mortification extrême de trouver la clef de l'armoire ôtée. On ne l'y remit plus. S'était-on aperçu de quelque chose ? C'est assez probable, mais j'ai dit qu'on ne me grondait jamais. Ma mère ou ma grand-mère s'étaient dit d'ailleurs peut-être qu'elles étaient, en ceci, les plus répréhensibles ; bref, tout le monde se tut. Je fus fort attrapée. Mais, privée de mes lectures, je n'en gardais que mieux dans ma mémoire les noms, les images, les aventures romanesques que j'y avais entassées depuis six mois. Je continuai, à part moi, de vivre dans la compagnie de belles princesses, dans des bosquets enchantés où l'on soupirait d'amour ; je ne rêvai plus que ravisseurs, blancs palefrois, bergers fidèles. Je savais désormais que le parfait bonheur, c'était de voir à ses pieds un beau chevalier, qui jurait d'aimer toute la vie. Bientôt ce beau chevalier m'apparut dans la personne du jeune fils d'un hobereau de notre voisinage, qui comptait un ou deux ans de plus que moi, et qui dès l'abord charma mes yeux. Il avait nom Louis. Il était blond, blanc et rose ; il montait un petit cheval breton à crinière flottante ; il suivait la chasse, armé gentiment d'un petit fusil fait à sa taille. Un jour, il me rapporta une perdrix blanche qu'il avait tuée ; il me l'offrit galamment, d'un air fier et soumis. On le fit asseoir à table à mes côtés ; on célébra son adresse ; on but à sa santé. Il ne me dit rien, ni moi à lui ; mais dans ce silence il sentit sans doute un encouragement, car, le lendemain, me voyant chercher un gant que je croyais avoir perdu à la promenade, il me dit qu'il l'avait

---

Théodore et de *Mademoiselle de Clermont*, Mme Riccoboni (1714-1792), auteur d'*Ernestine* et du *Marquis de Cressy*, l'Anglaise Ann Radcliffe (1764-1823), auteur des *Mystères d'Udolphe* et de *L'Italien ou le confessionnal des pénitents noirs* ; leurs romans, nombreux, avaient rencontré un grand succès.

trouvé dans le bois des Belles-Ruries et qu'il ne me le rendrait jamais. Il mentait comme tous les galants, car le gant se retrouva dans le jardin ; mais n'importe, c'était là, je l'avais bien vu dans mes romans, une déclaration d'amour. Je l'accueillis d'un cœur et d'une imagination prévenus. Je ne saurais me rappeler ce que je répondis. Peu de chose apparemment, mais, dans mon for intérieur, je me jurai à moi-même de n'être point ingrate envers un si bel amour, de ne m'en pas laisser distraire, de ne consentir jamais enfin, quelque chose qui pût arriver, à donner ma main ou mon cœur à d'autres qu'à mon doux ami. Ses parents, je l'avais entendu dire, n'avaient que peu ou point de fortune. Ce serait l'obstacle ; il en fallait un, sans cela point de roman. Je me dis que nos amours allaient être contrariées ; je me préparai à la lutte, et j'en fus toute réjouie. Mais cette joie d'avenir qui occupait toute ma pensée, je ne la communiquai à personne. J'y eus quelque vertu, car à cette époque je voyais très familièrement deux aimables petites compagnes, pour qui je n'avais eu jusque-là aucun secret. Esther Le Tissier, Adrienne de Bizemont étaient à peu près de mon âge, et leur éducation ressemblait beaucoup, sauf le germanisme, à celle qui m'était donnée. Elles habitaient avec leurs parents deux châteaux voisins du Mortier : la *Bellangerie* et *Jallanges*. On se réunissait réglément le dimanche dans l'un ou l'autre des trois châteaux, pour y passer ensemble toute la journée.

Durant les intervalles de nos jeux, dans nos babils, j'avais déjà parlé à mes compagnes de l'amour et de ce que j'en avais appris dans les livres ; mais je ne leur fis point confidence de ce que je m'imaginais en avoir éprouvé dans la réalité. Quand mon petit ami se trouvait avec ses parents aux réunions du dimanche, je voyais qu'il n'avait d'yeux que pour moi. Nous nous entendions sans nous parler. J'aurais craint, en livrant mon secret, d'en faire évanouir le charme.

Je me sentais ainsi d'ailleurs sur mes compagnes une supériorité qui chatouillait mon orgueil, je me sentais jeune fille lorsqu'elles n'étaient encore que des enfants, et je cachais jalousement à tous les yeux l'objet qui captivait mon cœur. Je le cachais surtout, j'aurais voulu du moins le cacher aux regards et aux railleries de mon frère. Élève du lycée de Metz, puis de l'école de droit, il venait au Mortier passer les vacances. Nous étions alors beaucoup ensemble. Je le regardais comme un être très au-dessus de moi, non seulement par ses six années d'avance dans la vie, mais aussi par son grand savoir, par ses voyages*, par ses lauriers universitaires auprès desquels je ne me sentais qu'ignorance et obscurité. Maurice me plaisait, je l'aimais, j'attendais son arrivée en Touraine avec beaucoup d'impatience ; mais il m'intimidait aussi ; son esprit moqueur de collégien mettait bien mal à l'aise mes rêveries romanesques. Avec beaucoup de complaisance il s'associait à mes jeux ; mais, en les dirigeant, il en altérait le caractère. Je me rappelle entre autres que, mes imitations de jardins sur une table, dans une chambre, lui paraissant jeux de petite fille, il me persuada de faire un jardin véritable en plein air et en pleine terre. Au lieu de ces frêles tiges de plantes et d'arbrisseaux que je faisais tenir debout, par artifice, dans un enduit de deux pouces d'épaisseur, Maurice planta résolument, dans un carré de jardin qu'on nous abandonnait pour y faire nos volontés, de vrais arbus-

* Mon père l'avait envoyé seul à dix-sept ans en Angleterre, pour y apprendre l'anglais : ce qui avait été fort critiqué par ses amis comme une nouveauté, dans l'éducation de la noblesse française, d'où ne pouvait rien sortir de bon. Appendice H. [Marie d'Agoult y reproduit une lettre de son père.]

tes, avec leurs racines : des fraisiers, des framboisiers, des groseilliers, dont nous mangions les fruits. Au lieu de mes lacs figurés par un fragment de miroir, au lieu de mes cygnes en verre soufflé, mon frère se mit à creuser avec sa bêche un vrai canal ; il le maçonna si bien que l'eau s'y tenait pendant plusieurs heures et qu'un canard tout en vie, qu'il allait prendre de force sur la mare de la basse-cour, y pouvait barboter. Au lieu de mes personnages de Nuremberg, figurant les promeneurs dans mes petits sentiers saupoudrés avec le sable d'or de mon écritoire, nous-mêmes, nous allions et venions gravement dans des allées de deux pieds de large. C'était assurément fort beau ; mais, je ne sais pourquoi, ces jardins réels n'avaient pas pour moi l'attrait de mes jardins fictifs, et j'en fus bientôt lassée. N'était-ce pas précisément parce qu'il y avait là trop de réalité, parce que l'art s'y confondait trop avec la nature, parce que l'imagination n'avait plus assez de part dans notre plaisir, et que, au lieu d'une libre invention, nous n'avions plus sous les yeux qu'une reproduction amoindrie des objets qui nous entouraient ? Tout le secret de l'art n'était-il pas là ? Mon frère et moi, ne représentions-nous pas, sans nous en douter, l'interminable différend des réalistes et des idéalistes ?

Indépendamment des réunions du dimanche, à la *Bellangerie*, aux *Belles-Ruries*, à *Jallanges*, mes parents fréquentaient aussi un voisinage nouveau qui me paraissait agréable. Le célèbre M. Fiévée* et son inséparable ami, Théodore Leclercq, venaient d'acheter, près de

* M. Fiévée, né à Paris en 1767, mort en 1839, ancien préfet de la Nièvre, correspondant de Napoléon Ier, de Louis XVIII, adversaire déclaré de la Révolution et du gouvernement parlementaire. Il écrivit pendant plusieurs années dans le *Journal des Débats* et publia de 1814 à 1820 une correspondance politique et administrative. Son roman *La Dot de Suzette*, publié en 1798, avait eu un

nous, la petite terre de *Villeseptier*, et tous deux ils faisaient beaucoup de frais pour nous y attirer. Tous deux, ils avaient beaucoup d'esprit, avec une renommée d'écrivains qui leur assignait un rang à part, à la fois supérieur et inférieur, dans la compagnie d'Ancien Régime, assez peu lettrée, qui les accueillait en Touraine très gracieusement, mais sous la condition tacite, néanmoins, d'être par eux amusée.

En ce qui me concernait, ils réussissaient on ne peut mieux, ayant pour moi mille prévenances.

La renommée littéraire et politique de M. Fiévée m'imposait ; il avait un fort beau visage avec des manières graves et affables, auxquelles j'étais très sensible. Enfin il causait avec moi comme avec une grande personne, et je lui en savais un gré extrême. Quant à M. Leclercq, affreusement grêlé de petite vérole, quasi borgne et de manières sautillantes qui ne me plaisaient pas du tout, il était néanmoins le très bien venu de moi et de mes compagnes, lorsque, à la demande générale, il consentait à nous faire lecture de quelqu'un de ses *Proverbes*. Les dimanches me semblaient plus attrayants quand nous en passions une partie à écouter ces petites comédies où il raillait avec gaieté les travers et les ridicules du siècle. Ces lectures étaient très goûtées ; leur succès, qui faisait du bruit, suggéra à M. Leclercq la pensée d'un succès plus grand. Il engagea ma mère à faire représenter chez elle, dans son

---

très grand succès ; ses œuvres ont été publiées par J. Janin en 1842. Il conseillait, entre autres, l'établissement de curés-magistrats ; il appelait le clergé *la vraie milice des rois*. Il était, dit M. Duvergier de Hauranne, le conseiller privé de l'opinion dont M. de Maistre était le prophète et M. de Bonald le philosophe *(Histoire parlementaire)*.

M. Théodore Leclercq, né à Paris en 1777, mort en 1853, publia en 1823 un premier recueil de *Proverbes dramatiques* qui fut extrêmement goûté dans les salons.

salon de Paris, ces proverbes, dont la lecture ne donnait, disait-il, qu'une impression languissante. Mon frère, qui avait alors dix-neuf ans, favorisait un projet qui lui ouvrait les plus riantes perspectives ; la chose fut convenue, et l'hiver suivant on monta chez nous un petit théâtre. Théodore Leclercq, passionné pour son plaisir et pour sa gloire, en fut ensemble le directeur, le décorateur, le machiniste, le costumier, l'acteur principal. Mon frère le secondait de son mieux. Une ravissante femme, alliée à ma grand-mère Lenoir, la comtesse de Nanteuil*, dont la vie à quelque temps de là allait prendre un tour si romanesque, et que je devais retrouver en Touraine, dans de singulières conjonctures, prit les rôles d'amoureuses. Un capitaine de vaisseau, ami de mes parents, le comte d'Oysonville, accepta l'emploi des *pères nobles*. Pour compléter la troupe, M. Leclercq proposa sa sœur, très jolie femme, désireuse de paraître dans un cercle aristocratique où, sans l'occasion de la comédie, elle n'eût pas eu d'accès naturel. Madame*** était la femme d'un notaire. Mariée jeune à un homme riche, mais avare et d'humeur morose, elle se distrayait autant qu'elle le pouvait de l'ennui du foyer par le bal, le théâtre, la toilette et le bel esprit. On ne lui trouvait pas chez nous le ton de la plus haute compagnie, mais elle était empressée, spirituelle, avenante et bonne. Elle amusait ma grand-mère, qui la protégeait contre les pruderies des femmes *comme il faut*. Mon frère s'était pris dans ses lacs, le sien s'était fait indispensable, et l'on ne pouvait plus se permettre de le désobliger.

Madame*** fut donc de la comédie d'abord, puis de la compagnie, puis de la familiarité de mes parents ; et sa fille, qu'elle menait partout avec elle, s'improvisa

* Elle était fille de la première femme de M. Lenoir dont on voit au Louvre le portrait peint par Chardin.

mon amie intime, avant que ni ma mère ni moi nous eussions songé à la rechercher ou à l'éviter. Les *Proverbes* joués pendant toute la saison d'hiver, dans l'appartement que nous occupions alors rue des Trois-Frères, vis-à-vis des jardins de l'hôtel du général Moreau, et qui amenaient chez nous beaucoup de monde, mirent autour de moi une atmosphère de coquetterie qui n'était pas la meilleure du monde pour une jeune fille. On commençait à me dire beaucoup trop que j'étais jolie ; on me le disait autrement qu'à une enfant. Cependant, au lieu de me dissiper dans mes amusements mondains, je rêvais de solitude. Je faisais de longs voyages au pays des chimères. Je me voyais, en esprit, sous un ciel bleu, au bord d'une mer bleue, écoutant mon jeune ami, qui me jurait l'éternel amour, unissant à jamais ma destinée à la sienne dans les graves et doux liens du mariage...

Tout à coup, je fus précipitée de mes rêves, foudroyée par une terrible réalité : mon père, brusquement atteint d'une fièvre cérébrale, fut enlevé en trois jours. Pour la première fois, sur la face inanimée de l'être que j'aimais le plus au monde, je vis les pâleurs de la mort et l'immobilité rigide du dernier sommeil ! Jusque-là, je ne connaissais la mort que de nom. J'avais lu, j'avais entendu dire qu'on mourait, mais je n'avais jamais vu mourir personne. La mort, c'était pour moi un mot abstrait qui ne se traduisait à mes yeux par aucune image. Je n'avais même jamais vu de malade, mon père et ma mère étant tous deux d'une santé parfaite. Comment dire, comment dépeindre la secousse, l'étonnement sinistre qui de la plus entière sécurité me jeta soudain en présence de ce *roi des épouvantements* dont les plus grands courages et les plus hautes sagesses ne sauraient soutenir, sans un effort, l'aspect horrible ?

C'était dans la première semaine d'octobre 1819 ; nous étions au Mortier. Je revenais d'une promenade dans le *grand bois*, et je rentrais à la maison bruyamment, causant et riant avec ma *Généreuse*, quand Marianne, qui m'attendait sur le perron, me dit de faire silence, que mon père était malade et couché. Elle avait, en me parlant, l'air très sérieux. Me taisant aussitôt, je cours à la porte de mon père, j'y reste un moment, n'osant ni frapper ni parler. Le cœur me battait. Enfin je prends courage, j'entre avec précaution ; je jette un regard craintif sur le lit, qui se trouvait tout près de la porte. Mon père était assoupi. Il ouvrit les yeux, me vit, me fit signe d'approcher, me demanda d'où je venais ; je le lui dis. « Je suis bien aise que tu t'amuses, reprit-il d'une voix étrange, en me regardant avec une certaine fixité qui me fit peur ; moi, je souffre. » Et il se retourna vers le fond de l'alcôve et ne parla plus. Je restai muette aussi, retenant mon haleine, immobile près de ce lit qui me paraissait lugubre. Je ne sais si ce moment se prolongea. Il fut pour moi d'une solennité que je n'oublierai jamais. Je venais d'entendre les dernières paroles que mon père devrait m'adresser en ce monde. Je ne le savais pas, et pourtant cette voix si chère m'avait fait mal. Encore aujourd'hui, elle murmure, à demi éteinte, à mon oreille, comme un reproche. Le lendemain il y eut beaucoup d'allées et de venues chez nous. Les voisins arrivaient. On ne me laissa point entrer dans la chambre de mon père. Le médecin de Tours, le docteur Gourreau, était venu. Il avait parlé très bas avec le médecin du village ; tout cela me serrait le cœur… Vingt-quatre heures s'écoulèrent. Le troisième jour, 8 octobre, comme j'entrais le matin dans la chambre de ma mère, pour lui souhaiter le bonjour à son réveil : « Prie Dieu pour ton père, me dit-elle, d'un ton grave, Dieu seul peut le sauver à cette heure. »

Je demeurai sans voix et sans pensée. Pendant que ma mère se levait et donnait quelques ordres, je me glissai, sans qu'on me vît, jusqu'à la chambre de mon père. Les médecins l'avaient quitté. La garde était dans la chambre voisine ; je m'approchai du lit. Dieu ! quel spectacle ! Mon père était entré en agonie. Ses yeux étaient clos. Son visage était livide. De sa bouche béante sortait ce souffle rauque qu'on appelle le râle, et qui emporte avec lui le suprême secret des mourants. Je ne sais ni combien de temps je restai là, ni comment j'en sortis. Une demi-heure après, mon père avait cessé de vivre.

Ô mort ! horrible mort ! que de fois, depuis ce jour fatal, je t'ai revue ! que de fois, implacable et muette à mes côtés, et sous quels aspects divers, toujours affreux ! lente ou prompte, violente ou perfide, appelée par la lassitude ou repoussée par l'énergique instinct de la vie : toujours inattendue pour le cœur, toi qu'on sait pourtant inévitable, *antique mort* ! Jamais, au berceau du nouveau-né, au chevet du vieillard chargé d'ans, dans le regard stoïque de l'homme fort, dans l'inquiet sourire de la jeune mère, je n'ai surpris à ta puissance inexorable un signe, une lueur, une compassion, une promesse. Jamais je ne sens ton approche sans que tout en moi frémisse, sans que mon âme éperdue entre en angoisse et s'écrie vers Dieu : où donc est ta bonté ?

On nous emmena, ma mère et moi, à la *Bellangerie*. Pendant les premiers jours qui suivirent notre triste départ du Mortier, je résistai encore intérieurement à l'affreuse certitude qui m'ôtait mon père à jamais. Je me persuadais que tout ce que j'avais vu, entendu, c'était un effroyable cauchemar, que mon père avait disparu pour un temps, mais qu'il vivait mystérieusement quelque part et qu'il allait revenir. Puis, accablée par un tel effort de résistance à la trop certaine vérité, ma pensée s'était affaissée. Je demeurais morne, inerte, presque insensible... L'espérance de retrouver mon père dans une autre vie ne s'offrait pas à moi. Elle ne m'était pas naturelle apparemment, car, plus tard, au temps de ma plus vive ferveur et de ma plus grande foi catholique, jamais elle n'agit sur ma douleur, jamais elle n'en détourna le cours. Mon instinct germanique répugnait à se figurer la personne humaine renaissant ailleurs sous les mêmes formes et dans les mêmes conditions qu'ici-bas. Je n'ai jamais pu me représenter nos affections terrestres se perpétuant dans une vie future, en dehors de tous les modes de notre existence présente ; nos joies exemptes de douleurs, nos tendresses sans déchirements, notre activité sans défaillance, toute notre manière d'être enfin, de sentir, de penser et d'agir, transportée dans une autre sphère que le globe où nous sommes nés ! La réponse de Guillaume de Humboldt[1] à une amie qui le pressait de s'expliquer sur cette inquiétude d'une autre vie, qui jamais ne nous quitte et jamais ne s'apaise en nous, est la seule que je pourrais et voudrais faire à moi et aux autres, dans toute la sincérité de ma conscience et de ma raison.

« Je crois à une durée dans l'avenir, je regarde un revoir comme possible... Mais je ne voudrais pas m'en faire une représentation humaine, et il m'est impossible de m'en faire une autre*. »

La première pensée consolatrice que je sentis surgir en moi, après l'accablement du désespoir, le premier battement de mon cœur, la première pulsation de la vie ranimée ce fut, à l'arrivée de mon frère, dans la longue étreinte où nous confondîmes nos larmes. Jusque-là j'avais aimé beaucoup mon frère. À partir de ce moment, je me soumis à lui de toute mon âme. Il m'apparut comme un père plus jeune, comme un guide, comme un appui dans le monde que je ne connaissais

1. Wilhelm von Humboldt (1767-1835), philologue, fondateur de l'université de Berlin, frère du célèbre naturaliste Alexander von Humboldt.

* *« Ich glaube an eine Fortdauer, ich halte ein Wiedersehn für möglich, wenn die gleich starke gegenseitige Empfindung zwei Wesen gleichsam zu Einem macht. Aber [...] menschliche Vorstellungen möchte ich mir nicht davon machen und andere sind hier unmöglich »* [« Je crois à une survie, je pense que des retrouvailles sont possibles quand un sentiment partagé d'une même force réunit deux êtres. Mais je ne veux pas m'en faire de représentations humaines et d'autres sont impossibles ici-bas »] *Briefe an eine Freundin*, 19ter Brief [*Lettres à une amie*, 19e lettre].

pas. Il prit à mes yeux un caractère d'autorité bienfaisante sous laquelle je m'inclinai d'un élan naturel à mes instincts hiérarchiques. Je fis vœu, à part moi, dans ce moment cruel et doux où il me serrait tout en larmes sur sa poitrine, de reporter sur ce frère aîné toute la piété filiale, tout le respect et tout l'amour que j'avais eus pour mon père. Il ne sut rien de ce vœu, il ne devina pas ce don entier que je lui faisais de mon cœur, de ma volonté, de ma vie, que je n'ai pu retirer qu'en de cruels déchirements, tant il était vrai et profond, malgré mon jeune âge. Il n'a jamais connu la puissance de douleur qu'il a exercée sur moi dans les heures cruelles où j'ai senti qu'en dépit de son amitié si vive aussi et si tendre il ne pourrait pas être pour sa sœur le salutaire et bon génie qu'elle invoquait alors, et que cette sagesse fraternelle à qui déjà, d'instinct, je demandais secours pour l'avenir, n'aurait point d'action sur ma vie*.

* Dans les dernières années de sa vie, mon frère m'exprimait des regrets semblables. Il se plaisait à me rendre ce témoignage que je lui avais toujours marqué non seulement une vive tendresse, mais encore, en tout ce qui avait dépendu de moi, la déférence que dans les anciens temps l'on croyait devoir à l'aîné de la famille. Il en paraissait très flatté, connaissant comme il le faisait mon indépendance d'esprit et de caractère. De son côté, il apportait dans nos relations une aménité, une bonne grâce exquise, une sorte de galanterie fraternelle qui charmait tous ceux qui nous voyaient ensemble. Bien qu'en tout, caractère, opinion, penchants, habitudes d'esprit, nous fussions très opposés, une chose nous était commune, la douceur des manières, l'ouverture d'esprit, la bienveillance dans les jugements, le désir naturel de nous complaire et de nous faire valoir. Bien qu'il fût un peu timide d'esprit, il prenait goût aux hardiesses du mien, et se bornait à dire, en souriant, que la nature apparemment s'était trompée en faisant de lui le frère et de moi la sœur. Les rôles changés, ajoutait-il, tout eût été au mieux, aucune difficulté ne fût survenue, et nos destinées à tous deux eussent été parfaites.

X[1]

[...]

La ville de Francfort* est une des mieux situées que je connaisse, et des plus intéressantes par ses contrastes. Elle est assise sur les deux rives du Mein, dans une large vallée que borne à l'horizon la chaîne du *Taunus*, au milieu de prairies, de vergers, de champs fertiles, où l'air pur des cimes boisées entretient une fraîcheur délicieuse.

L'empire de Charlemagne et le moyen âge ont laissé à la vieille cité leur rude empreinte, tandis que l'activité spontanée et le libre développement de la richesse moderne ajoutaient, d'année en année, quelque agrément à sa physionomie riante et charmante.

Le dôme, avec sa haute tour, la maison de ville ou le *Roemer*, bâti sur l'emplacement de l'antique *Burg* des empereurs, qui venaient y prendre la couronne, et où, deux fois l'an, au printemps et à l'automne, se dressaient les boutiques, les étalages des foires immenses**, l'*Eschenheimer Thor*, le *Nürnbergerhof*, le *Braunfels*, restes

1. Le chapitre X est consacré à la vie et aux mœurs des habitants de Francfort et se termine par la description qui suit.

* Aux temps anciens *Hélénopolis*, s'il faut s'en rapporter à Henri Estienne. Appendice J. [Il contient quelques détails sur la foire de Francfort.]

** Il faut lire, dans les mémoires de Goethe, la description de ces foires et des cérémonies symboliques qui en marquaient l'ouverture.

des anciens cloîtres ; les rues étroites aux courbes capricieuses, les maisons en bois aux toits aigus surplombants, le *Ghetto*, rendaient présent dans Francfort un sombre et lourd passé, féodal et monacal. Mais, depuis plus d'un quart de siècle, tout y allait rapidement vers l'air et la lumière. Les remparts abattus, les fossés comblés faisaient place à une ceinture de bosquets, de pelouses verdoyantes. De jolies *villas* à l'italienne s'élevaient, entourées de jardins, dans des rues spacieuses. Le théâtre, le musée, la bibliothèque, de magnifiques hospices, les statues monumentales de Guttemberg et de Goethe, le cimetière nouveau, sur la colline, avec ses grands horizons, ses galeries ouvertes, ses sculptures, ses corbeilles de fleurs, ses salles vigilantes où la mort apparente est protégée contre la précipitation des vivants* ; toutes les sollicitudes, toutes les bienfaisances, toutes les élégances de la vie moderne donnent au citoyen, donnent à l'étranger dans Francfort un sentiment de sécurité, de bien-être et de douce animation que je n'ai rencontré au même degré nulle part.

Au temps dont je parle, une seule chose faisait tache dans ce riant tableau : le *Ghetto* et sa population frappée d'anathème par le préjugé chrétien. En dépit des

Le poète fait au sujet de l'extrême étroitesse des vieilles rues de Francfort une remarque ingénieuse. On dirait, écrit l'auteur de *Wilhelm Meister*, que les petits commerçants qui s'y logèrent voulaient pouvoir serrer de plus près le passant, l'atteindre de la voix et du geste, le forcer en quelque sorte à s'arrêter aux étalages qui se joignaient presque d'un bord à l'autre de la rue : « *Der Krämer liebt die engen Strassen, als wenn er den Käufer mit Händen greifen wollte*. »

* Avant de clouer le mort dans sa bière, on le laisse, pendant un temps plus ou moins long, couché sur un lit de repos, la main sur le cordon d'une sonnette que mettrait en mouvement la plus imperceptible agitation d'un doigt léthargique. Tout à côté se tient le gardien. Dans les salles voisines tout est préparé pour de prompts et énergiques secours. On s'étonne qu'une telle précaution ne soit pas organisée dans toutes les villes d'Europe. Elle fait le plus grand honneur à la municipalité de Francfort qui l'a établie une des premières.

décisions du Congrès de Vienne, il avait fallu des années, la puissance croissante des Rothschild, le crédit des Metternich et des Hardenberg, l'effort des hommes éclairés, de mon oncle Bethmann entre autres, pour que la grille haineuse qui séquestrait chaque soir la tribu de Juda dans ses rues sordides fût enlevée. Les catholiques, presque tous d'origine italienne*, les *Brentano*, les *Guaita*, les *Penco*, les *Leonhardi*, etc., ne montraient point d'aversion pour les juifs, mais ils étaient comme eux en minorité, et l'opinion luthérienne les accablait de mépris ; ma mère qui, à demi française, avait perdu à l'égard des juifs, comme à tant d'autres égards, l'âpreté des préjugés francfortois, envoyait chaque matin mon frère au *Ghetto*, pour y apprendre la mathématique d'un vieux juif qui passait pour le plus grand et qui était, à coup sûr, le plus sale, le plus déplaisant algébriste du monde. Elle vint aussi en aide à l'*oncle* dans une occasion délicate où il s'agissait de remporter une victoire décisive sur les préventions de la *vieille dame*. Ma tante Louise venait de mettre au monde un fils. Elle recevait, dans un beau lit à estrade, couchée dans la dentelle et la fine batiste, les visites de couche. Le chef de la maison Rothschild s'annonça**. Mon oncle ne vit rien là que de très simple, et, dans le récit sommaire qu'il faisait chaque soir à mon aïeule de l'emploi de la journée, il mentionna cette visite projetée d'Amschel Rothschild. Il n'avait pas prévu le

* Cet élément italien de la population de Francfort m'a souvent fait réfléchir. Goethe n'aurait-il pas puisé dans son sang par quelque alliance de famille, cette *Sehnsucht* [nostalgie] de l'Italie qu'il a si bien fait sentir dans sa création de Mignon [personnage féminin des *Années d'apprentissage de Wilhelm Meister*] ? — Moi-même, n'aurais-je pas, de cet aïeul maternel qui portait le nom d'*Adami*, le goût, l'inclination, la passion de la terre italienne ?

** Amschel Rothschild, fils aîné de Meyer Amschel, fondateur de la maison, frère du baron James, du baron Charles, du baron Salomon et de Nathan de Rochschild.

soulèvement d'indignation qu'il provoqua. Quoi ! ce malheureux fils de juif allait venir en sa maison, il allait entrer dans la chambre de sa belle-fille, toucher de ses mains, peut-être, le berceau chrétien de son petit-fils ! Cette pensée la mettait hors d'elle-même, et il ne fallut rien de moins que l'accord de toute la famille pour la réduire à supporter ce changement des temps et cette incroyable diminution de la fierté chrétienne dans sa propre famille !

L'obstination du préjugé francfortois contre les juifs avait de quoi surprendre dans une population qui d'ailleurs était extrêmement cultivée.

Comme dans tous les pays protestants, la culture et le désir du progrès descendaient dans Francfort jusqu'au plus bas des couches populaires. Le gouvernement municipal, où les artisans avaient part et qui se renouvelait fréquemment par l'élection, n'était pas sans quelque analogie avec l'État florentin. Comme à Florence, on avait à Francfort le goût des arts, on honorait la science ; on fréquentait le théâtre. Les fêtes du couronnement avec leurs pompes traditionnelles, les grandes foires privilégiées qui s'ouvraient au pied du *Roemer* par des cortèges symboliques, les vieilles légendes du Rhin, les chants de Luther entretenaient au foyer et même au comptoir une certaine flamme poétique qui relevait la médiocrité de la vie bourgeoise. Il est bien entendu que je ne faisais alors aucune de ces réflexions ; mais, sans m'en apercevoir, je m'imprégnais par tous les pores des influences d'une atmosphère physique et morale que je ne saurais mieux caractériser qu'en l'appelant goethéenne*.

* Appendice K. [Il contient un sonnet en l'honneur de Goethe écrit par Marie d'Agoult.]

XI

L'hôtel Biron. — Le couvent du Sacré-Cœur. — Le père Varin. — Madame Eugénie de Gramont. — Madame Antonia.

L'année suivante, ma mère, obligée de retourner à Francfort, et rendue attentive, par les observations de mon frère, aux inconvénients sans nombre pour une aussi jeune fille que je l'étais, de toutes ces dissipations, de toutes ces splendeurs du *Bundestag*, décida de me laisser à Paris dans un pensionnat. Celui des Dames du Sacré-Cœur était estimé alors le plus « comme il faut » de tous. Je ne crois pas qu'on eût d'autres motifs de le choisir. En ce qui me concernait, je ne fis pas une observation. La volonté de ma mère et de mon frère aîné ne me paraissait pas chose discutable. D'ailleurs la vie mondaine que l'on redoutait pour moi avait eu des prises si superficielles sur mon âme et sur sa simplicité qu'elle n'y laissait aucune trace. J'entrai sans répugnance au couvent du Sacré-Cœur. Rien n'avait été négligé pour m'en rendre le séjour agréable. Mes parents avaient demandé pour moi des privilèges ; on les avait accordés sans trop de peine. Les congrégations dirigées par les jésuites savent faire ployer la règle dans toute occasion importante : j'en étais une.

Appelée par mon nom et par ma fortune à quelque grand mariage ; destinée, on pouvait le croire, à faire quelque figure dans le monde, j'étais une influence à ménager, à conquérir, pour la plus grande gloire de Dieu et pour l'avantage de l'ordre. Il n'y avait donc pas lieu de se montrer récalcitrant, ni de trop débattre les conditions que mettait ma mère à mon entrée dans le pensionnat. J'eus ainsi une chambre pour moi seule, au lieu du lit au dortoir ; un piano, pour moi seule, dans cette chambre, avec le privilège d'y prendre mes leçons de musique et d'y recevoir, sous la surveillance d'une religieuse, un vieux maître en perruque, un professeur du conservatoire, M. Adam. Il fut entendu aussi que je sortirais non seulement à mon tour, et selon l'ordre établi, mais toutes les fois qu'on me demanderait, soit chez ma grand-mère Lenoir, soit chez la princesse de La Trémoïlle, soit chez ma sœur de mère, madame Auguste Ehrmann. Les réserves tant soit peu hérétiques de ma mère touchant les abstinences ne furent pas non plus discutées ; et de la sorte, sauvegardée contre la rigidité de la vie monastique, le 28 du mois d'avril de l'année 1821, moi qui avais vu de près déjà Satan, ses pompes et ses œuvres, je franchis, docile et résignée, sans retourner la tête, le seuil de la maison du Seigneur.

Il faut dire que cette maison, comme le *monde* d'où l'on me retirait brusquement, avait un air de grandeur.

J'ignore si les changements projetés dans les alignements du faubourg Saint-Germain doivent le faire disparaître, mais à l'heure où j'écris*, l'hôtel Biron[1] est debout encore dans toute sa fierté et tel qu'il s'élevait, un siècle auparavant, sur le plan majestueux de l'architecte Gabriel. Entre sa cour d'honneur et ses jardins célébrés jadis comme une des merveilles de Paris, et qui s'étendent le long du boulevard des Invalides, sur le

* 28 juin 1866.

1. Situé dans le VIIe arondissement de Paris, l'hôtel Biron abrite aujourd'hui le musée Rodin.

vaste espace compris entre la rue de Varennes et la rue de Babylone, à l'ombre de ses quinconces de tilleuls et de marronniers, entourée de ses dépendances seigneuriales, avec son haut perron et ses abords imposants, la demeure du maréchal Biron, « qui poussait la galanterie à son dernier épisode* », devenue l'asile des dames du Sacré-Cœur de Jésus et du Sacré-Cœur de Marie, garde dans son aspect beaucoup plus de l'orgueil de sa condition d'autrefois que de l'humilité de son état nouveau. L'appropriation aux exigences d'une institution monastique et scolaire n'avait guère plus modifié l'intérieur que l'extérieur de l'hôtel Biron. Les classes et les parloirs du rez-de-chaussée, l'escalier monumental, les dortoirs du premier étage conservaient l'ordonnance et les nobles proportions de leur destination première. Les glaces ôtées ou voilées, le crucifix suspendu aux rinceaux dorés des salons avertissaient, à la vérité, qu'on était dans un lieu de pénitence ; mais l'impression qu'on recevait en y entrant, l'air qu'on y respirait, libre et sonore, n'inclinaient le cœur ni à la servitude volontaire ni à la modestie des vertus chrétiennes. Les religieuses, non plus, sous leur voile noir, avec leur croix d'argent sur la poitrine et leur long rosaire au côté, ne se piquaient pas d'oublier leur origine. La plupart étaient d'ancienne maison, quelques-unes d'un sang illustre. Elles ne prenaient leurs élèves, à de rares exceptions près, que dans les familles nobles de la cour ou de la province ; et, sans qu'il fût précisément question de différence de rang ou de supériorité de race dans l'éducation qu'elles donnaient, le ton général en était au plus haut point aristocratique. Ce ton ne me déplaisait pas. Bientôt aussi, malgré l'indifférence religieuse où j'avais été élevée dans la maison maternelle, je me laissai aller au charme

* Du Coudray.

mélancolique de la vie des cloîtres. Ce charme agit sur les jeunes âmes d'autant plus qu'elles ont en elles plus de facultés poétiques et une plus fervente ardeur d'aimer*. Il m'enveloppa si bien qu'il faillit me retenir.

Mais je n'en suis pas encore là, et je reviens à la première heure de mon entrée dans les classes de l'hôtel Biron.

J'en vois d'ici le tumulte. On était en récréation. La religieuse qui présidait aux amusements déclara, en me nommant aux élèves, qu'en l'honneur de la *nouvelle* elle accordait une prolongation d'un quart d'heure. Une acclamation bruyante lui répondit. On m'entoura, on me fit fête. On m'ouvrit les *rondes* : *Nous n'irons plus au bois* ; *La tour, prends garde,* etc. On me mit au courant des jeux que je ne connaissais pas ; on me bombarda de questions : Quel âge avez-vous ? Dans quelle classe entrez-vous ? Combien de temps resterez-vous ici ? L'une des élèves ayant dit aux autres que j'allais avoir ma *chambre à moi*, les étonnements n'eurent pas de fin. À mesure qu'on se familiarisait, malgré mon extrême réserve, on me faisait des déclarations d'amitié. On louait mon air doux ; on pronostiquait que j'allais être d'agréable compagnie. Avant la fin de la récréa-

* On dirait qu'aux approches d'un temps où la vie monastique n'aura plus de raison d'être, et où les couvents catholiques disparaîtront, ce charme, comme tout ce qui va finir, a exercé une action plus vive. Il faut relire les aveux de madame Roland, de Lamennais, de George Sand, d'Ausonio Franchi, de Lacordaire. [Marie d'Agoult a pu trouver des considérations sur la vie conventuelle dans les *Mémoires* de Mme Roland (publiés longtemps après sa mort, en 1865) et dans *Histoire de ma vie* (1854-1855), de George Sand ; elle avait sympathisé en Italie avec Ausonio Franchi (1821-1895), philosophie et prêtre défroqué, et avait été liée d'amitié avec Félicité de Lamennais (1782-1854), évoqué dans la quatrième partie de *Mes Souvenirs* ; elle avait également rencontré le dominicain Henri-Dominique Lacordaire (1802-1861).]

tion, on m'avait inventé un surnom qui n'avait rien de fâcheux. Ma future camarade de classe, Marie de Menou*, ayant spontanément découvert l'anagramme de mon nom de famille, m'appela aussitôt d'un nom barbare et fier, qui sentait son héroïne de roman du Nord : la belle *Yngivalf*. Assez déconcertée d'un accueil et d'un succès qui contrastaient étrangement avec mes succès du *Bundestag*, ne sachant s'il y avait dans cette appellation, *la belle Yngivalf*, plus de sympathie ou de moquerie, j'éprouvais un certain malaise à la vue de cet essaim bourdonnant de jeunes filles, mal attifées dans leur uniforme de mérinos amarante singulièrement bigarré, selon les classes, de rubans jaunes, verts, bleus ou blancs, les cheveux mal peignés retenus dans de vilains filets noirs, mal chaussées, mal tenues enfin des pieds à la tête. J'éprouvais encore un autre embarras qui me venait, celui-là, de ma modestie.

On m'avait demandé dans quelle classe j'allais entrer. Je n'en savais rien. Je me figurais, je ne sais pourquoi, que les élèves du Sacré-Cœur étant nécessairement très savantes, je me verrais reléguée parmi les petites filles, dans les classes inférieures ; je rougissais à l'avance de la confusion qui m'attendait et j'en dormis fort mal à l'aise la première nuit. Mais, à ma grande surprise, dès le lendemain matin, sans aucun examen préalable, la maîtresse générale, madame Eugénie de Gramont, en venant s'informer elle-même de la manière dont j'avais passé la nuit, me remit de sa main, avec un grave sourire, la ceinture en ruban noir, qui distinguait, au-dessus de toutes les autres, la *classe supérieure*. Cette classe où les élèves étaient censées avoir achevé leur éducation, et où elles ne faisaient plus qu'entretenir dans leur mémoire les choses apprises, se composait de cinq grandes jeunes filles, de quinze à

* Depuis comtesse de Luppé.

dix-huit ans Marie de Menou, Anaïs de Vence, Sophie de La Myre, Élisa de Montarby, une autre encore dont j'oublie le nom. Je fus la sixième. J'y soutins mon rang sans effort et l'honneur de l'enseignement laïque. Sur ces cinq nobles demoiselles, élevées par de nobles dames, deux seulement écrivaient correctement l'orthographe. Ce fut un grand soulagement. Le bel aspect des lieux, les jardins, le verger en fleurs, la propreté, la gaieté de ma chambrette, dont la fenêtre ouvrait sur un massif de tilleuls, les cérémonies du culte, les promenades, les cantiques en l'honneur de Marie, les prévenances de mes maîtresses, la déférence que me témoignèrent bientôt mes compagnes me réconcilièrent avec les côtés moins aimables de ma vie nouvelle. Il y en avait plusieurs. Sous le rapport de l'hygiène, par exemple, il régnait au Sacré-Cœur une négligence qui ne paraîtrait plus croyable aujourd'hui, et qui n'existe jamais, au même degré, ailleurs que dans les institutions religieuses. Le dédain professé des choses de ce monde et le mépris de la chair apparaissent là dans toute leur absurdité. Je le dirai, non par rancune, car je n'ai emporté de mon séjour au couvent que les meilleurs souvenirs, mais par devoir d'avertissement : on ne saurait rien se figurer de plus insuffisant, de plus négligé que la nourriture et les autres soins du corps dans les pensionnats tenus par des nonnes.

Un médecin, choisi pour sa dévotion encore plus que pour sa renommée, le docteur Récamier, avait, au Sacré-Cœur, la haute direction de l'infirmerie, et l'on ne pouvait s'empêcher de remarquer, sans toutefois en rien conclure, qu'il mourait entre ses mains un nombre disproportionné de jeunes élèves. Il ne paraissait pas d'ailleurs s'inquiéter de notre régime. Nos repas ne péchaient pas seulement par l'absence d'aliments substantiels et d'une boisson salubre — nous ne mangions à l'ordinaire que du bœuf bouilli, des haricots blancs, des choux, du lard, etc. ; nous ne buvions que de l'eau ou du mauvais vin frelaté —, ils étaient encore accommodés de telle sorte par les sœurs converses, les viandes en étaient si desséchées par la cuisson ou si arrosées d'une graisse nauséabonde, que, malgré nos jeunes appétits, la répugnance l'emportait le plus souvent et nous réduisait au pain sec. La paresse, l'économie, l'esprit de communauté avaient part peut-être également à la désespérante monotonie de nos repas. Je vois d'ici les vastes *tourtes à la viande* qui paraissaient invariablement sur notre table le *jeudi*, et qui se faisaient à la veille des jours maigres, pour utiliser, en les hachant menu ensemble, jusqu'aux derniers restes des viandes qu'on nous avait servies durant la semaine. Je crois sentir à mes lèvres la saveur brûlée d'un clair chocolat, préparé pour notre déjeuner du dimanche et, selon le même principe, d'un mélange indescriptible des chocolats de toutes qualités, de tous prix, de toutes saveurs, vanille, cannelle, salep, fleur d'oranger, etc., que les parents envoyaient, chacun selon ses moyens ou ses goûts, à leurs enfants. C'était bien le plus indigeste breuvage et le plus déplaisant du monde. Mais ce qui, bien plus encore que la mauvaise cuisine des religieuses, répugnait à mes instincts délicats, c'était leur peu de souci de la propreté personnelle. Nos classes et nos dortoirs étaient bien tenus, balayés et frottés suffisamment ; quant à nos personnes, il n'en allait pas de même.

Une idée d'indécence s'attachant pour les religieuses au corps humain, il faut en détourner les yeux et la pensée autant que le permet l'infirmité de notre nature déchue. On ne prenait de bains au Sacré-Cœur que par ordonnance du médecin, en cas de maladie. On avait chaque matin *dix minutes* pour se débarbouiller, se brosser, se peigner. Hiver comme été, en toutes circonstances, de l'eau froide, une toute petite cuvette, une serviette si grossière qu'on en évitait autant que possible le contact ; de miroir, on n'en voyait qu'à la sacristie*.

J'entre dans ces détails qui me dispensent de toutes réflexions ; j'ajoute, pour l'enseignement du médecin et des mères de famille, un fait qui n'est pas, je crois, sans intérêt. Le changement total que la vie du couvent apportait dans mes habitudes produisit instantanément un effet physiologique très singulier. Depuis deux ans déjà la nature avait opéré en moi la crise par laquelle la constitution des jeunes filles achève de se former pour la maternité. À partir du jour où je quittai la maison maternelle, sa douce liberté, ses soins exquis, il se fit en moi un arrêt subit de ce mouvement régulier de la circulation. Je ne me rappelle pas en avoir souffert ; seulement j'engraissai d'une manière anormale, malgré la détestable nourriture dont je viens de parler. Les religieuses ou bien n'y prirent pas garde ou bien ne voulurent point me parler d'un phénomène de la vie physique qu'en d'autres temps peut-être on eût attribué à quelque puissance démoniaque. Le médecin ne fut pas appelé. Ce fut tout aussi bien par le fait, puisque, un an après, jour pour jour, à peine rentrée sous le toit maternel, tout reprit son cours régulier, sans que cette étrange suspension eût causé en moi aucune perturbation organique.

On se tromperait néanmoins, si l'on inférait de ce qui précède que je souffrais, au Sacré-Cœur, une contrainte quelconque.

* Il y avait cependant au couvent du Sacré-Cœur de grandes dames qui avaient mené, avant d'y entrer, la vie du monde et connu toutes les recherches de l'élégance. Madame de Marbeuf, la veuve du gouverneur de l'île de Corse, me contait un jour toute la peine qu'elle avait eue à se déshabituer de la propreté. « Ma sœur, est-ce que je sens la crasse ? » demandait-elle incessamment, dans ses premières inquiétudes, à sa voisine de table ou de récréation. Mais on finit par se résigner à tout, me disait-elle, même à la crasse !

Je m'étais très vite pliée, accoutumée, je le croyais du moins, à la règle du couvent. Qu'était-ce donc que cet arrêt de vie qui se faisait en moi ? une révolte de la nature physique quand la nature morale obéissait ? une protestation de l'instinct persistant contre la raison persuadée ? Ce phénomène s'est reproduit dans tout le cours de mon existence d'une manière très constante et vraiment extraordinaire. Douée d'une volonté forte et d'un grand empire sur moi-même, je résistais aisément, en apparence, aux violences du sort ou des passions ; je gardais tous les dehors de la tranquillité ; mais la nature domptée dans mon âme s'exaltait dans les phénomènes inconscients de la vie végétative ; elle se vengeait, par le trouble de mes sens, du calme mensonger de mes pensées*.

Mais revenons à l'hôtel Biron. On a vu que, en y entrant, je n'y apportais guère d'instruction religieuse, moins encore de pratiques dévotes. J'avais fait ma première communion, de la manière que j'ai dite, et j'avais coutume de faire mes Pâques ; mais, soit négligence de ma grand-mère, soit tout autre motif, je n'avais pas reçu le sacrement de confirmation**. En me recevant dans leur pensionnat, les dames du Sacré-Cœur se

* J'ai observé à ce sujet le phénomène curieux du rêve : les personnes et les choses que je parvenais, par un effort énergique, de ma volonté, à écarter entièrement de ma pensée pendant le jour s'en emparaient avec d'autant plus de violence pendant la nuit ; mes actions étaient depuis longtemps conformes à la réflexion, que mes rêves appartenaient encore au seul instinct.

** « Au train dont vont les choses, écrit madame Roland dans ses *Mémoires* en racontant sa préparation au sacrement de confirmation, ceux qui liront ce passage demanderont peut-être ce que c'était que cela. » Le « train des choses » n'a pas été aussi précipité que madame Roland le supposait. Il n'est pas encore nécessaire à l'heure où j'écris d'apprendre au lecteur ce que c'est que la confirmation.

chargèrent de m'y préparer, et l'on me remit tout aussitôt à la direction du confesseur des élèves, le père Varin. Le père Varin ne ressemblait aucunement à l'abbé Rougeot. C'était un jésuite de la plus fine trempe, aussi insinuant, pénétrant, compliqué, que le bon séculier était simple et ingénu. Après avoir sondé, avec des précautions infinies, l'état de mon âme et de mes croyances, après avoir reconnu, sans doute, en moi je ne sais quel obscur levain de protestantisme, avec une sincérité d'esprit à outrance, sur laquelle il ne pouvait avoir qu'une influence indirecte, le père Varin s'appliqua, de toute sa souplesse, à détourner, à tromper mes curiosités intellectuelles. Il éluda mes questions ; m'exhortant à me défier des pièges de Satan, du désir de savoir et du besoin de comprendre, écartant ou voilant, dans l'explication des mystères, tout ce qu'il voyait être inacceptable à mon bon sens, ou bien incompatible avec la fierté de mes instincts, il me jeta au pied du crucifix, dans les bras de Marie, dans ce qu'il appelait le sein de Dieu, où toute raison devait s'abîmer.

Une autre influence encore, involontaire celle-là, mais pénétrante et persuasive à son insu, assoupit les curiosités de mon esprit : ce fut la tendre affection que me témoigna et m'inspira madame Antonia. Madame Antonia était la sœur cadette de notre maîtresse générale, madame Eugénie de Gramont. Elle faisait la classe supérieure et présidait aux soins de la chapelle. Jamais je n'ai rencontré aucune femme qui m'ait paru plus attrayante, de ce mystérieux attrait que le poète germanique appelle l'*éternel féminin*. Madame Antonia n'était pourtant pas belle, du moins de cette beauté qui se peut définir ; ses traits n'avaient rien de régulier, son visage était couturé par la petite vérole ; mais la grâce était dans toute sa physionomie, dans tous ses mouvements : une grâce ineffable, qui passait de son regard à son sourire ; de son sourire au geste lent et triste qui ramenait son voile à son front ; de son geste à sa voix, pâle comme son visage, quand elle murmurait au pied de l'autel, au son de la cloche du soir, la salutation angélique. D'un sang fier, et qui montait à sa joue en subites et vives rougeurs, mais ployée sous je ne sais quel poids invisible, madame Antonia passait dans nos classes, elle glissait plutôt qu'elle ne marchait au milieu de nous, enveloppée d'un mystère que nous eussions voulu mais que nous n'osions pas deviner, tant elle nous inspirait de respect. Sa sœur Eugénie, altière dans sa petite taille bossue, avec ses yeux gris et secs, avec sa voix fêlée, ses longs doigts osseux et son dur accent de commandement, la traitait de haut ; les autres religieuses lui parlaient peu. Il était souvent question de son départ pour une maison de province. La pensée qu'elle pouvait nous quitter me désolait, et pourtant je ne lui parlais guère non plus, si ce n'est pour lui répondre à la classe. Mais ce peu avait suffi pour lui gagner toute mon affection. Elle aussi, elle avait, en me reprenant, une douceur d'accent très sensible. Quand il lui fallait me louer devant mes compagnes, on eût dit qu'elle en rougissait pour moi d'une timidité pleine de candeur ; et quand, après les offices du soir, je m'oubliais en prières à la chapelle, il ne se passait jamais un long temps sans qu'un frôlement de robe, un soupir, un murmure, ne vînt m'avertir d'une présence bien chère, d'une union intime et tout émue dans l'amour du divin Sauveur.

XII

Ma dévotion. — Les Enfants de Marie. — Fanny de La Rochefoucauld. — Adelise de X***. — Le bouquet de madame Antonia. — Le prix de science et le prix de sagesse. — Le parloir. — Les sorties. — La princesse de la Trémoïlle. — Ma sœur Auguste. — Léon. — Mes adieux au couvent.

Ma piété, ma dévotion fervente allait chaque jour croissant et comblait de joie les religieuses. Elles mettaient en moi, pour l'avenir, les plus grandes espérances. La conversion de ma mère eût été, cela se comprend, pour la congrégation du Sacré-Cœur, une gloire. Mais, sans attendre jusque-là, et dans des visées moins hautes, plusieurs de ces dames, madame Eugénie de Gramont entre autres, pensèrent pouvoir me dresser à des fins plus prochaines.

Une jeune fille de mon âge, qui, elle aussi, avait déjà entrevu le monde, Fanny de La Rochefoucauld, fille de la duchesse d'Estissac, entrait au pensionnat. Jolie, coquette, enivrée de succès et de plaisirs, Fanny venait, comme moi, au couvent pour un temps très court et pour y faire sa première communion très retardée — elle avait quinze ans. — Elle ne cachait pas son dépit et soupirait tout haut de sa captivité. D'inclination dévote, elle n'en avait aucune et le laissait voir. Ignorante, mais très à l'aise dans son ignorance et ne souhaitant pas d'en sortir, elle s'asseyait sans honte au dernier bout de la classe, l'esprit ailleurs, l'imagination hantée de bals, de gentils cavaliers, de beaux ajustements et de galants propos. La parité des situations plus que la ressemblance des caractères, les souvenirs du monde où nous avions vécu toutes deux, les mêmes habitudes, les mêmes perspectives de vie parisienne et aristocratique nous eurent bientôt liées. Les religieuses favorisèrent le penchant que Fanny avait pour moi. Elles espéraient que ma piété se communiquerait à elle par une heureuse contagion. Puis, voyant que cela tardait, elles voulurent m'y employer plus activement. La chose était d'importance.

La supérieure de la communauté, madame Barat femme de grande autorité et qui se laissait peu voir, me fit mander auprès d'elle. Elle me donna, de sa voix sévère, de discrètes et chrétiennes louanges. Elle vanta ma sagesse, ma foi sincère. Elle parut surprise de ne pas voir à mon cou la médaille et le ruban des *Enfants de Marie*. C'étaient des insignes honorifiques accordés à la régularité de la conduite, et qui donnaient certains droits, avec une grande autorité morale dans le pensionnat. Les *Enfants de Marie* formaient, entre le pensionnat et la communauté, une petite congrégation à part, qui avait ses règles et ses rites. En apparence, les « sages », comme on les appelait, n'avaient d'autre but et d'autre office que de donner le bon exemple, en pratiquant une vertu plus parfaite.

En réalité, elles avaient mission de surveillance sur leurs compagnes. Elles pratiquaient le système de délation, de police mutuelle sainte et sacrée, qui fait partie de l'éducation des jésuites*. À plusieurs reprises déjà,

* La dénonciation, dit M. Hubert [Louis Huber (1815-1865), républicain convaincu], est élevée au rang d'un devoir sacré. Grâce

depuis mon arrivée à l'hôtel Biron, on m'avait insinué que j'étais plus qualifiée que personne pour l'admission aux *Enfants de Marie*. Moi si sage, si exemplaire en toutes choses, quels services ne pouvais-je pas rendre à la communauté ! J'avais toujours fait la sourde oreille. Appartenir à une police quelconque, si sainte qu'elle fût, me répugnait ; la pensée d'une trahison envers mes compagnes, même autorisée, sollicitée, récompensée par nos professes[1], m'inspirait une véritable horreur.

L'amitié des élèves m'était chère. L'estime des religieuses ne venait que bien après, et je pouvais m'en passer si elle ne s'accordait pas avec ma propre estime. En outre, les pratiques des *Enfants de Marie*, la récitation du chapelet, le scapulaire, ce laid morceau de laine peinte, que je ne pus jamais me résoudre à suspendre à mon cou, les *Sacrés-Cœurs* saignants ou percés de flèches ne m'attiraient point. Déjà mon instinct du beau, les curiosités élevées de mon esprit se détournaient de ces laideurs et de ses « abêtissements ». J'acceptais les grands mystères du catholicisme : la Trinité, l'Incarnation, la Chute, la Rédemption, par cela seul qu'ils étaient grands. J'aimais les cérémonies du culte à cause de leur beauté symbolique ; mais les petites dévotions, les petits miracles, la petite imagerie, les niais emblèmes, toutes les fadeurs, toutes les supersti-

---

aux affiliés, elle s'exerce dans la société laïque, aussi bien que dans la Compagnie. Elle a des espions dans les familles. Elle en a surtout dans les cours auprès des souverains. À Rome, les cardinaux, les prélats, les ambassadeurs, le pape en sont entourés. La confession est un bien grand moyen ; ils confessent à tout moment, à l'extérieur comme à l'intérieur. L'officine d'informations fonctionne nuit et jour pour le général. « Nul monarque, a dit Spittler [Ludwig von Spittler (1752-1810), historien allemand], n'est aussi bien renseigné que le général des jésuites. »

1. Religieuses qui ont prononcé leurs vœux après le noviciat.

tions d'un catholicisme idolâtrique et sensuel, abaissé à la mesure des petits esprits, me répugnaient invinciblement*. Ces dames étaient très fines. Le père Varin était très expérimenté. Après quelques vaines insinuations pour me faire adopter le scapulaire et pour me faire entrer dans les voies obliques de la dévotion équivoque au Sacré-Cœur, on sentit qu'on n'y devait pas insister. On me laissa, non sans regret, je crois, à l'indépendance de ma dévotion et je n'entendais plus parler de rien, quand, à propos de ma nouvelle amie, la supérieure crut pouvoir risquer encore une tentative, mais qui ne devait pas avoir meilleure issue.

Au bout de quelques moments d'entretien, madame Barat vit, à sa grande surprise, que mon amitié pour Fanny ne m'inspirait pas le moindre zèle pour sa conversion. Elle devina même peut-être, dès lors, une faculté singulière qui devait se développer en moi et qui a donné occasion plus tard à beaucoup de gens de me méconnaître : un penchant à ne rien examiner, à ne rien voir de défavorable chez quiconque possède à mes yeux ce qu'on appellerait aujourd'hui une *qualité maîtresse*, un don, une grâce, un charme réel ; la puissance de m'attacher à ce don unique, et de braver, dans ma prédilection, les plus équitables jugements de l'opinion ; une adoration instinctive enfin, germanique ou païenne, je ne sais, mais peu française, peu chrétienne, à coup sûr, un culte véritable de la beauté.

Fanny de La Rochefoucauld (plus tard comtesse de Montault) était prodigieusement jolie. Petite, avec un juste embonpoint et un éclat de fraîcheur que je n'ai jamais vu qu'à elle, elle avait deux grands yeux noirs bor-

* À aucune époque de ma dévotion, la pensée ne me serait venue de prier aucun saint en particulier dans un lieu spécial ni de demander une entremise auprès de Dieu pour obtenir un privilège, une faveur quelconque.

dés de longs cils, un regard et un sourire d'un attrait irrésistible. Ses lèvres de rose et ses dents d'émail étaient d'une princesse de contes de fées. Je m'émerveillais à la regarder. De son esprit, bien qu'elle en eût, je ne me rappelle rien. De son caractère moral, lorsque je le vis formé dans la suite, je n'aurais su rien dire, si ce n'est qu'il était avec le mien en opposition complète. Au moment dont je parle, Fanny et moi nous étions déjà telles que nous devions rester : les deux personnes les plus disparates du monde en toutes choses. Mais, de cela, nous ne savions rien, nous ne sentions rien, ni l'une ni l'autre. Notre naturelle douceur, nos instincts d'élégance, nos *succès* au parloir, qui nous distinguaient de nos autres compagnes, suffisaient à notre intimité. Elle se renoua dans le monde, avant et après notre mariage ; et quand, après une longue interruption, nous la reprîmes, nous en trouvâmes toutes deux le charme encore vif.

Au moment où j'en suis de mon récit, j'ai à dire une autre intimité de couvent, beaucoup moins motivée en apparence, et qui n'avait pas, celle-là, pour motif les grâces naturelles.

Elle était née d'un penchant, très fort aussi, mais tout à fait autre, de mon cœur.

Elle avait pour objet une jeune fille aussi laide que Fanny était belle, disgraciée de corps et d'esprit, autant que Fanny était douée.

Adelise de X., d'un sang illustre, destinée à posséder un jour une grande fortune, était à seize ans d'une puérilité d'intelligence qui donnait à toute sa personne, à sa démarche, à son geste, à son regard, un air d'*empêchement* dont la laideur de ses traits, de son teint, de ses cheveux roux, se trouvait encore enlaidie.

La pauvre créature, exposée dans un bruyant pensionnat à la raillerie universelle, était digne de pitié. Plus de soixante enfants, à l'envi moqueurs et cruels, faisaient d'elle leur jouet.

Un jour, pendant la récréation au jardin, comme elle était en butte à je ne sais plus quelles dérisions, je vins à passer. Elle jeta vers moi un regard qui implorait compassion et secours. Je lui donnai d'un même élan l'un et l'autre. La prenant par le bras à la surprise générale, je l'emmenai avec moi dans une allée écartée, je lui parlai comme si elle avait pu m'entendre, et, pendant tout le reste de la récréation, je ne m'occupai que d'elle. Ce fut une révolution dans le pensionnat. J'y avais une autorité si grande qu'à partir de ce moment, et par cela seul que je prenais Adelise sous ma protection, personne n'osa plus lui faire d'affront.

Mais ce n'était pas assez pour moi ; les vagues lueurs d'intelligence qui vacillaient dans les yeux de l'idiote, et qui, à mon approche, semblaient parfois se fixer comme en un rayon, m'animèrent d'un espoir secret. Je me persuadai, sans en rien dire à personne, que je pourrais, peut-être, rendre la faculté de penser à la pauvre créature qui n'avait pas perdu la faculté d'aimer. Je m'y appliquai de tout mon cœur. De son côté, Adelise devenait ingénieuse à me marquer sa tendresse ; elle trouvait mille moyens de me la faire connaître. Elle avait remarqué mon goût pour les fleurs. Il était interdit aux pensionnaires d'en cueillir dans les plates-bandes. Adelise bravait la défense, elle dérobait pour moi des roses, des œillets, du jasmin, qu'elle cachait sous son tablier et qu'elle jetait en passant dans ma cellule quand la porte en restait entrebâillée. Elle avait vu aussi, dans nos leçons de dessin, qu'il me répugnait fort de tailler mes crayons et de salir mes doigts de leur poussière. Désormais, chaque jour, en m'asseyant à mon chevalet, j'y trouvais une ample provision de crayons taillés de sa main. Et tout ainsi. De jour en jour, elle me témoignait mieux, d'une manière plus sensible et plus réfléchie, qu'elle voulait répondre à mes soins. De jour en jour je m'attachais à elle davantage. Il y avait entre nous comme un lien mystérieux, quelque chose de singulier qui charmait en moi, peut-être, l'*Enfant de minuit*. Elle m'inspirait cette ambition de vaincre l'obstacle, ce désir de l'affection exclusive qui naguère m'avait si fortement attachée à ma farouche Diane. Elle m'aurait révélé dès lors, si j'avais été capable d'observation sur moi-même, un des traits persistants, un des périls de ma vie : la promptitude à braver le *qu'en dira-t-on* ; le défi imprudemment jeté, et sans calculer mes forces, aux injustices de l'opinion ou de la fortune*.

Avant de m'éloigner du couvent, je rapporterai encore un autre incident, où se peignent à la fois mes dispositions intimes et les mœurs de la communauté.

J'ai dit ce qu'était pour moi madame Antonia. Son charme singulier la faisait chérir presque également des cinq autres élèves de la classe supérieure.

Le jour de sa fête approchait. Nous convînmes de nous cotiser pour lui offrir un bouquet. Je fus chargée de l'acheter, de le faire apporter en secret. Nous ne regardions pas au prix. Il fallait qu'il fût digne de notre incomparable amitié et de son objet incomparable. Ce qui fut dit fut fait. Je ne saurais exprimer avec quelle émotion je déposai moi-même, le soir, en grand mystère, dans la cellule, au pied du lit de madame Antonia, le bouquet magnifique, odorant et resplendissant, que j'avais choisi pour elle chez la bouquetière du Palais-Royal, la célèbre madame Prévost, le fournisseur en vogue de la cour et de la ville. Mais, au lendemain, quelle consternation, en entendant madame Antonia nous remercier à mots couverts, et en appre-

* Une de mes filles, faisant un jour allusion à ce penchant qui dégénérait parfois en manie et me jetait à l'aveugle en mille embarras, me disait avec enjouement : « Maman, que n'écrivez-vous sur la porte de la maison : *Secours aux blessés !* »

nant d'elle qu'elle n'avait pas même vu notre bouquet, confisqué, nous dit-elle, et elle pleurait presque, *par ordre de madame la supérieure* !

Nous n'y pouvions rien comprendre et nous allions entrer en révolte, si notre maîtresse bien-aimée ne nous eût, à son exemple, imposé la soumission. Mais ce n'était pas tout. Mandée chez madame Eugénie, il me fallut ouïr, de sa voix la plus sèche, que j'étais grandement coupable ; que j'avais entré en fraude un bouquet qu'on nous avait interdit d'acheter, que j'avais, de la sorte, donné à mes compagnes l'exemple et l'occasion de l'indocilité, de la tromperie ; que d'ailleurs ce bouquet, tout mêlé de fleurs roses, bleues, rouges, était une insulte à la virginité de madame Antonia, et que j'aurais en conséquence à demander pardon de ma faute à la prochaine réunion de la communauté. L'indignation, la fierté de mon innocence m'ôtèrent la parole. Je me retirai, je traversai les classes sans rien dire à mes compagnes de ce qui venait de m'arriver. Montée à ma chambre, c'était l'heure de la récréation où j'avais mon entière liberté d'aller et de venir, je me jetai au pied du crucifix suspendu à mon chevet, et j'éclatai en sanglots. Ni mes pleurs ne me soulagèrent, ni ma prière ne m'apaisa. Moi, si soumise à la règle, si attentive à tous mes devoirs, moi, si loyale, soupçonnée de fraude, de désobéissance furtive ! moi si tendre et si respectueuse envers notre sainte mère Antonia, accusée de l'avoir outragée ! Sensible comme je l'étais alors, par nature et par suite de l'éducation la plus douce, il se fit dans tout mon être une révolution.

La fièvre se déclara. Il fallut me mettre au lit. Après un accès assez long, je tombai dans un abattement complet. Je ne mangeais plus, je ne dormais plus. Le médecin appelé, ne voyant en tout cela nulle cause physique, demanda si je n'avais pas quelque peine morale. On avisa l'histoire du bouquet. On me caressa du mieux que l'on put pour en effacer la trace. Mais rien n'y faisait. Il fallut que madame Barat, la supérieure générale, dont l'autorité invisible et redoutée inspirait au pensionnat une sorte de terreur, vînt elle-même à mon chevet, où depuis toute une semaine je ne trouvais plus le sommeil, et qu'elle rendît pleine justice à ma droiture*. Elle me dit avec une simplicité très chrétienne que l'on s'était trompé à mon égard, que l'on m'avait fait tort, qu'on le regrettait, elle plus que personne ; qu'on savait maintenant à n'en pouvoir douter que je n'avais connu ni la défense du bouquet, ni l'usage des communautés, ni la signification des couleurs. Sans flatteries, sans caresses ni promesses, par la simple vertu d'une parole vraie, madame Barat me calma et me guérit. La main dans sa main, réconciliée, j'écoutai les réflexions qu'elle crut devoir faire, les avertissements qu'elle me donna sur les inconvénients, sur le danger des affections trop vives, sur la nécessité de modérer même les plus légitimes.

Je promis de n'oublier point ses conseils ; hélas !.... À partir de ce jour, je ne vis plus madame Antonia qu'à la classe. Quand je quittai le couvent, elle était absente. Je ne lui dis pas adieu, je ne l'ai jamais revue. Je crois qu'elle ne vécut pas très longtemps. Elle était de ces êtres délicats, voilés, mystérieux, qui ne font que passer sur la terre.

À la fin de l'année scolaire, aux fêtes de Pâques de l'année 1822, on nous annonça que l'archevêque de Paris allait venir présider à la distribution des prix, et j'appris à ma grande surprise que j'avais le prix de science. J'en fus toute confuse. Ma conscience me disait que cette couronne de lauriers qu'on allait mettre à mon front s'y posait sur une multitude d'ignorances.

* Les phrénologues ont constaté plus tard, à mon crâne, l'énormité de l'organe de la justice, et m'ont annoncé, ce qui s'est vérifié plus d'une fois, que *j'en souffrirais beaucoup*.

J'avais bien mieux mérité le *prix de sagesse* — c'était les deux prix d'honneur —, car je n'avais pas cessé, durant toute l'année, de donner l'exemple de l'application, de la soumission, de toutes les vertus par excellence des pensionnaires. Mais, pour obtenir cette récompense, il ne suffisait pas de l'avoir méritée ; il aurait fallu être *Enfant de Marie*. On sait pourquoi je n'avais pas voulu l'être. Je portai sans murmurer, et cela m'est arrivé plus d'une fois dans ma vie, la peine de ma doctrine. Puisque j'ai parlé de ma *science*, je m'arrêterai un moment à considérer en quoi elle consistait et quelle était alors l'instruction des jeunes filles de la meilleure noblesse dans la maison d'éducation la plus renommée de France. Dans la distribution du temps consacré aux études, la plus notable part revenait aux talents dits d'*agrément*. Il était entendu qu'une demoiselle bien élevée, lorsqu'elle entrait dans le monde, devait avoir appris avec ou sans goût, avec ou sans dispositions naturelles, la danse, le dessin, la musique, et cela dans la prévision d'un mari qui, peut-être, il est vrai, n'aimerait ni les arts ni les bals, et qui, au lendemain du mariage, ferait fermer le piano, jeter là les crayons, finir les danses, mais qui, possiblement aussi, en serait amateur.

Le mari, le mari conjectural, et de qui on ne saurait, grâce aux coutumes françaises, se former aucune opinion, est, dans les éducations françaises des jeunes filles, ce que l'on pourrait appeler en langage stratégique *l'objectif* des parents et des institutrices ; objectif vague et mobile, qui donne à tout le plan des études quelque chose de vague aussi, d'inconsistant, de superficiel, dont se ressentira toute sa vie la femme la plus sérieuse.

Lorsqu'il s'agit, comme c'est le cas dans les éducations germaniques, de former pour elle-même [*sic*], de développer selon sa nature propre, pour une fin morale indépendante des accidents extérieurs et des situations variables, l'intelligence, le cœur, la raison d'un être humain, on peut se tracer un plan bon ou mauvais, meilleur ou pire ; on peut avoir un système conséquent, des principes bien établis. Mais lorsqu'on ne conçoit, comme il est arrivé chez nous jusqu'à cette heure, l'existence d'une femme que d'une manière toute relative, dépendante, impersonnelle en quelque sorte et subordonnée, quel esprit veut-on qui préside à l'éducation des jeunes filles ? Que pourrait-on leur enseigner sérieusement, solidement, quand on suspend toute leur destinée aux bienséances éventuelles d'un mariage tout de circonstance ? quand l'intelligence peut devenir une difficulté, la raison un obstacle, la conscience une occasion de lutte ou de révolte, dans une existence où l'on ne peut prévoir d'autre vertu que la docilité au maître, la résignation au sort, quel qu'il soit ? Que dire, qu'enseigner dans de telles éducations, qui ne soit puérilité, futilité, vanité qu'un souffle emporte ?

Aussi, non seulement dans l'enseignement des arts et des lettres, où jamais nous n'entendions parler ni d'Athènes, ni de Rome païenne ou chrétienne, ni de l'Antiquité ni de la Renaissance*, ni d'aucune origine ou raison des choses, mais dans l'enseignement scientifique, dans l'histoire falsifiée à notre usage par les *Pères de la Foi*, et jusque dans l'instruction religieuse des dames du Sacré-Cœur, quel vide, quelle pauvreté, quelle absence d'élévation et de sérieux !

Choisie par les jésuites, avec l'habileté qu'on leur connaît, notre nourriture catholique s'imprégnait de je

* Jamais on ne nous donnait à étudier en musique, ou en dessin, que des œuvres de la dernière platitude. Jamais ni Mozart, ni Beethoven, ni Raphaël, ni Titien n'entraient chez nous ; encore bien moins un moulage d'après l'antique. Je me rappellerai toujours une certaine tête de Savoyard dont on me fit, un mois durant, copier et recopier, en en comptant les hachures, le bonnet énorme et informe !

ne sais quelle saveur fade, bien faite pour nous corrompre le goût et pour nous énerver l'esprit. Ni théologie solide, ni exposition rationnelle des dogmes, ni pénétration de la grande poésie hébraïque, mais une confusion perpétuelle de l'histoire et de la légende, de la doctrine et du miracle, calculée, on pourrait le croire, pour troubler nos jeunes cervelles, pour leur ôter toute force de discernement et toute faculté d'examen.

De notre conscience, rien ; de nos devoirs futurs, comme femme et comme mère, rien ; d'histoire naturelle, rien : la nature, c'est Satan.

Dans la piété, beaucoup de sensations, d'effusions provoquées dans les confidences du confessionnal, entretenues dans les larmes au pied du crucifix, dans le jeûne ou l'abstinence, par les images idolâtriques, par la lecture dangereuse des pages brûlantes d'une Thérèse, d'une Chantal, d'un Liguori[1], par tout un langage mystique qui, à l'âge où nous étions, ne pouvait autrement que nous jeter en langueur ou en extase.

Quand je me remets en mémoire toute cette perversion de nos sens et de nos imaginations, notre goût ainsi faussé à plaisir, des années entières employées à nous déshabituer de penser et de vouloir, à nous *abêtir*, à nous alanguir de corps et d'esprit, je ne sais ce qui l'emporte en moi de la tristesse ou de l'indignation.

Temps précieux, heures premières du matin de la vie, où tout se grave en traits si purs, quel irréparable malheur que celui de vous avoir ainsi perdus !

Ô mes maîtres, ô mes guides, ô mes bons génies trop tard connus, lumières trop tard levées sur mon entendement ; rosées trop tardives sur ma moisson déjà pleine d'ivraie ! Esprits de vérité et de vie, Homère, Sophocle, Dante, Shakespeare, Spinoza, Herder,

1. Thérèse d'Avila (1515-1582), Jeanne de Chantal (1572-1641), Alphonse-Marie de Lignori (1696-1787), fondateurs de communautés religieuses et mystiques.

Goethe, et vous-mêmes, Bossuet, Pascal, en qui la foi est grandiose et nourrice de mâles vertus, que n'eussiez-vous pas été pour moi, rencontrés plus tôt, quand l'essor de mon esprit était encore libre et fier, quand ma vive intelligence ne s'était point encore prise et misérablement débattue aux filets de l'oiseleur !

Cependant, sauf l'incident de madame Antonia, dont ces dames se hâtèrent d'effacer la trace, mon existence au couvent n'avait rien qui me chagrinât, tout au contraire. Je m'y attachais chaque jour davantage et parfois à la pensée des *dangers du monde*, dont ces dames et le père Varin nous faisaient une vague, mais effrayante peinture, sans nous dire de quelle nature étaient ces dangers, mon imagination prenait peur et me montrait la vie religieuse, sa réclusion, son silence, comme un abri dans le sein de Dieu, où je devais demeurer.

On m'avait confié, ou peu s'en fallait, la direction de la musique de la chapelle, je présidais au choix des morceaux, je jouais de l'orgue, je chantais les *soli*, l'*O Salutaris*, le *Sanctus*, le *Veni Creator*, le *Magnificat* : c'était un intérêt très grand dans mes journées, c'était une double satisfaction donnée à mon âme très pieuse et à mon organisation très musicale.

J'avais aussi des distractions mondaines. On venait beaucoup me voir au parloir ; et à mesure qu'approchait l'heure où j'allais quitter le couvent, mes jours de congé se multipliaient.

Le parloir se tenait tous les jeudis, présidé par une religieuse qui en avait la surveillance et en faisait les honneurs. La salle du parloir était une des plus spacieuses de l'hôtel Biron, avec de larges fenêtres sur le jardin, de belles boiseries sculptées ; nulle apparence de grilles ni d'autorité. Autour de chaque élève, il se formait un cercle, une conversation animée. D'un cercle à l'autre, il va sans dire qu'on se regardait beaucoup. Les familles qui se rencontraient là, les *Vence*, les *Foudras*, les *Clermont-Tonnerre*, les *Gramont*, les *La Rochejacquelein*, les *Voguë*..., les *Rougé*, les *d'Autichamp*, les *Charnacé*, appartenant toutes au même monde aristocratique et royaliste, on en venait à se saluer, à se parler. La religieuse de service allait et venait dans le dédale de ces petits cercles, où se rendaient assidûment un grand nombre de frères, de cousins des pensionnaires ; collégiens, saint-cyriens, polytechniciens, pages, dont les curiosités, les espiègleries et le babil, défiant l'inquisition de la professe, passaient en contrebande derrière son dos, se glissaient entre les plis de son voile, et nous mettaient, à ses dépens, tout en joie.

Dans ces rencontres de frères et de cousins germains, mon amie Fanny et moi nous étions fort remarquées ; à notre entrée au parloir on faisait silence. Plus grandes que la plupart, plus formées, plus *usagées* que nos compagnes, d'une beauté que ne parvenaient pas à dissimuler entièrement les laideurs de l'uniforme*, nous attirions les regards ; charmés de mon air doux, les parents commençaient à s'informer de ma fortune. Les élèves et même les religieuses me répétaient en récréation les propos flatteurs tenus sur mon compte pendant le parloir.

Dans mes jours de congé, je n'avais pas moins d'agrément. On me comblait de louanges et de caresses. Outre ma grand-mère Lenoir qui m'emmenait avec elle quand elle voulait, je sortais, comme je l'ai dit, par

* Les religieuses nous faisaient faire, à Fanny et à moi, des pèlerines plus longues qu'à nos compagnes. Madame de Marbeuf, à qui Fanny s'en plaignait un jour, lui répondit que pour les enfants qui n'avaient encore rien là... il n'y avait pas d'indécence, tandis que pour nous !... Ce *rien là*, cette notion d'indécence attachée au développement et à la beauté des formes m'ont paru plus tard, en y songeant, la plus triste des indécences.

permission spéciale, chez ma sœur Auguste et chez la princesse de La Trémoïlle.

La princesse de La Trémoïlle, bien qu'elle en eût voulu à mon père de sa mission pacificatrice dans la Vendée, m'avait prise en très grand gré et me le marquait à tout propos. Elle vantait mon esprit, elle lisait tout haut les billets que je lui écrivais de l'hôtel Biron pour lui annoncer ma visite, elle s'occupait déjà, je devais l'apprendre bientôt, de me trouver *un bon parti* ; elle venait à nos parloirs, ce qui faisait sensation. C'était à tous égards une personne considérable ; les religieuses avaient, en lui parlant, des révérences toutes particulières de langage et d'attitude qui me surprenaient, moi qui prenais au sérieux le mépris évangélique des grandeurs et l'égalité devant Dieu des filles de Jésus-Christ.

Les journées que je passais chez ma sœur Auguste étaient toujours trop courtes à mon gré, tant elle trouvait moyen de les bien remplir. Longtemps j'avais ignoré le nom et l'existence de cette sœur aînée. Jamais on ne parlait d'elle en ma présence. Notre mère, malgré ses propres souvenirs qui auraient dû la rendre indulgente sur ce point, ne pardonnait pas à sa fille de s'être mariée sans son aveu.

Toute jeune et sous l'empire d'une passion mutuelle, Auguste Bussmann avait épousé le poète catholique Clemenz Brentano* et, trois mois après le mariage, les époux, s'apercevant qu'ils ne se convenaient point, avaient divorcé. Madame Brentano avait alors quitté Francfort pour venir à Paris. L'oncle Bethmann n'avait pas cessé de la voir, malgré l'existence à part qu'elle s'y était faite, l'entourage assez bizarre qu'elle s'était choisi et surtout l'exaltation de ses opinions politiques, qui

* Il devint plus tard très célèbre ; sa sœur, Bettina Brentano, épousa M. d'Arnim et occupa toute l'Allemagne de sa correspondance passionnée avec Goethe.

l'avaient poussée dans le journalisme et jusque dans les complots du libéralisme bonapartiste. En 1815, Auguste avait sollicité la faveur d'être admise parmi le petit nombre des fidèles qui devaient suivre l'empereur à Sainte-Hélène : c'en était assez, on le comprend, pour la rendre incompatible avec notre milieu vendéen.

D'autre part, l'oncle Bethmann, qui n'approuvait guère plus qu'on ne le faisait chez nous les opinions de sa nièce et craignait ce qui en pourrait suivre, entreprit de la ramener à Francfort, et, pour ce faire, il lui persuada de prendre un second mari. Il en tenait un tout prêt à sa disposition, une personne versée dans les affaires de banque et qu'il estimait capable d'entrer comme associé dans la maison Bethmann : M. Auguste Ehrmann, de Strasbourg, neveu du ministre résident des villes hanséatiques près la cour de France. Après les premiers pourparlers, quand mon oncle eut l'agrément de ma sœur pour son projet — c'était durant l'hiver de l'année 1817 —, il amena chez nous son *futur neveu*.

J'avais onze ans. Un jour, fort irritée des visites interminables que faisait à mes parents M. Ehrmann, dont l'arrivée était chaque fois le signal de ma sortie du salon :

— Que ce monsieur m'ennuie ! m'écriai-je, je voudrais le voir à cent lieues d'ici.

Mon père sourit.

— Ce serait dommage, me répondit-il, car ce monsieur est très aimable, et de plus, la semaine prochaine, il sera ton frère.

— Mon frère ?

— Il va épouser ta sœur.

— Ma sœur ?

— Oui. Tu ne savais pas que tu avais une sœur. Elle a longtemps voyagé. Elle viendra demain dîner ici. Il faudra l'embrasser et lui dire que tu l'aimeras bien.

J'avais un tel respect pour mon père que je ne me permis pas une question. Mais on peut s'imaginer si cette sœur qui me tombait des nues excitait ma curiosité.

Le soir même, j'entendis ma mère et mon oncle délibérer sur ce point : si l'on m'emmènerait, oui ou non, au temple pour y assister à la célébration du mariage. Ma mère semblait d'avis de me laisser à la maison ; cela me contrariait. Mon oncle, à sa manière, plaisanta, trancha la question. « Ne faut-il pas, dit-il en me donnant une petite tape sur la joue, que Marie voie comment les choses se passent ? Ce sera son tour bientôt. »

À partir du mariage, le ménage Ehrmann vint chez nous, mais loin à loin, et sans que, malgré les efforts de mon père, très gracieux pour sa belle-fille, la glace fondit entièrement.

Pendant mon séjour au couvent, ce fut tout autre chose. En l'absence de notre mère, Auguste, plus à l'aise, fut pour moi pleine de tendresse. Comme elle avait infiniment d'esprit et de gaieté dans l'esprit, je me plaisais beaucoup avec elle. Sa maison était modeste, mais nullement banale d'aspect. Située au fond de la cour d'un hôtel de la rue des Saints-Pères, justement en face de la rue Taranne, avec un joli jardin que ma sœur et son mari cultivaient à leurs heures perdues, elle avait un air de campagne, retiré, silencieux, qui me causait, au sortir de mon brillant et bruyant Sacré-Cœur, une sensation agréable. J'y trouvais une bibliothèque, un piano à queue, des revues illustrées. Auguste ne manquait jamais, pour mes jours de congé, de préparer quelque divertissement instructif : une visite au musée, au Jardin des Plantes, un concert.

Au retour, on s'amusait avec les enfants. Elle avait deux fils, Maurice et Léon, dont elle raffolait. Le plus jeune, Léon, âgé de six ans, était le plus joli enfant que j'eusse jamais vu. Habituellement silencieux, n'aimant pas à jouer avec son frère, craintif avec ses parents, il s'était pris pour moi, à ma première visite, d'une sorte de passion. Il m'appelait *Marie-Tante* ; et dès que Marie-Tante paraissait, il se pendait à sa jupe, d'où l'on ne pouvait plus l'arracher. Le soir, quand il fallait se dire adieu, c'étaient des pleurs, des sanglots, des désespoirs ; et sa mère se plaignait que, après cela, on ne pouvait plus l'endormir de toute la nuit.

Hélas ! de ce doux foyer qui réunissait alors quelques êtres privilégiés, contents de s'appartenir, heureux d'être ensemble, que reste-t-il à cette heure ? Le vent de la dispersion a soufflé ; le malheur est venu ; la mort a fait son œuvre. De ces cinq personnes qui m'étaient chères, deux ont rejeté la vie, n'en pouvant plus supporter les peines et les dégoûts. Des trois autres, séparées à jamais, seule, peut-être, j'ai préservé de l'outrage ou de l'oubli la fidélité du souvenir et je garde le respect des amitiés éteintes.

Mais voici que je touche à la fin de mon existence de pensionnaire.

On entrait dans la seconde moitié de l'année 1822.

Je savais que le retour de ma mère était proche. J'en étais préoccupée et je m'en voulais en sentant confusément que j'en avais plus d'appréhension que de joie.

Un après-midi, étant dans ma chambre, à ma fenêtre ouverte, où je respirais le parfum des tilleuls en fleur, j'entendis sur le sable de la cour un bruit de roues qui me fit tressaillir. Peu après, je vis entrer la maîtresse générale. Je pâlis. Madame de Gramont, d'un air grave, me dit que ma mère était là, qu'elle venait pour m'emmener. Nous descendîmes ensemble en silence le grand escalier. Arrivées au bas, voyant que j'allais pleurer :

— Calmez-vous, mon enfant, calmez-vous, dit enfin madame Eugénie, c'est la volonté de Dieu.

Nous entrâmes au parloir. Ma mère, très émue aussi, me serra dans ses bras. J'y restai quelques instants sans relever la tête, cachant sur son sein mes yeux pleins de larmes. Après quelques paroles de politesse échangées avec madame de Gramont, ma mère s'excusa de m'emmener si vite et s'avança vers le perron où l'attendait sa voiture. Avec l'aide de la tourière, je mis à la hâte et sans trop savoir ce que je faisais mon mantelet, mon chapeau.

Comme j'étais déjà dans la voiture :

— Adieu, Marie, adieu, s'écria madame de Gramont, ne nous oubliez pas, que Dieu vous garde !

Je me penchai à la portière pour lui répondre. La grande porte cochère de l'hôtel Biron s'ouvrait, elle se referma lentement derrière moi. Un quart d'heure après, nous descendions sous la voûte d'un hôtel de la place Vendôme, dont ma mère venait de louer le premier étage*, et elle me conduisait à la chambre que j'allais occuper près d'elle jusqu'au jour où je devrais la quitter pour entrer dans la maison étrangère de l'homme qu'elle me choisirait pour époux.

J'avais le cœur serré, l'âme inquiète. C'est à peine si je pouvais retenir mes pleurs. À un mot que me dit ma mère de ses projets de divertissements pour moi, de bals, de spectacles, je fus sur le point d'éclater et de la supplier de me ramener au couvent, cette fois pour n'en plus sortir. Je ne sais quel effroi du monde où j'allais entrer troublait mes esprits. Pourquoi ? Je n'aurais su le dire. Je ne voyais devant moi qu'annonces et promesses de la plus douce existence. Et pourtant j'avais peur : peur de ma jeunesse, peur de la vie ! Le souvenir de mon père me revenait avec une intensité douloureuse ; et j'étais triste à mourir.

* L'hôtel qui forme un des pans coupés de la place et qui portait alors le n° 22. Il est occupé aujourd'hui par l'état-major de la garde nationale (1847).

XIII

Mes seize ans. — Oppositions entre ma mère et moi. — Les lois du sang. — Ma dévotion. — M. Coëssin et sa secte. — L'abbé Gallard et les *puits d'amour*. — Mes romans évanouis.

Les cinq années qui s'écoulèrent entre le jour où je sortis du couvent et le jour de mon mariage furent, sous les dehors les plus riants de plaisirs et de liberté, pleines d'ennui et de mélancolie.

À considérer ce qu'il y avait en moi et autour de moi de préparation à la vie heureuse, je devais paraître à tous les yeux la personne la plus enviable du monde. J'étais en toute première fleur de jeunesse et de beauté : j'avais seize ans. Grande, svelte, élancée avec une noblesse naturelle dans tous mes mouvements, un teint d'un éclat de neige*, de grands yeux bleus, limpi-

* Cet éclat s'est gardé très tard. À vingt années de distance mon petit *page* disait, comme on l'a vu, que mademoiselle Marie était *blanche comme du sucre*, et Rossini, dans un bal où je me trouvais, à Milan, avec la belle, mais un peu noire comtesse Samoïloff, s'écriait en passant devant nous avec quelques jeunes gens : « Voyez, messieurs les Italiens, la différence qu'il y a entre le cuir de Russie et le satin français ! » Ce qui dominait dans l'impression que l'on paraissait recevoir de moi à première vue se traduisait invariablement par des exclamations où s'exprimait la sensation

des, une blonde chevelure qui ruisselait à longs flots, un regard, un sourire rêveurs*, je semblais une princesse des légendes du Rhin ou des ballades de Schiller.

Ce qu'il y avait en moi de français : la précision dans les lignes du front, des sourcils, du nez, de la bouche, la démarche fière et légère, la facilité du rire et le pli moqueur aux lèvres, ne s'accentua que plus tard. En cette éclosion de mon printemps, en ce crépuscule du matin, tout restait vague encore et comme indéterminé. Apparition, illusion, fantôme aérien, j'appartenais aux songes plus qu'à la réalité.

Mon intelligence était comme mon corps jeune et candide. J'avais le désir de tout connaître, l'aptitude à tout comprendre. Mon éducation, très brillante, était tenue pour achevée. Toute une année passée dans la classe supérieure d'un grand pensionnat, la couronne de science posée sur mon front par la main d'un prélat vénérable ne permettaient à cet égard aucun doute : je savais tout, absolument tout ce qu'une demoiselle de mon rang devait savoir. J'allais, du consentement général de l'opinion, sous les yeux d'une mère idolâtre, faire mon *entrée dans le monde* : aller au bal, au concert, à l'Opéra italien**, danser, chanter, jouer du piano,

---

de lumière. Je crains bien qu'on ne m'accuse ici de fatuité. Il me semble, quant à moi, que je ne suis pas trop blâmable de garder, comme toutes les vieilles femmes, quelque complaisance pour le souvenir de la beauté passée. C'est le sentiment le plus naturel et le plus inoffensif du monde.

* Avec les années ce regard et ce sourire parurent, selon l'expression d'une personne de mes amies, comme une douloureuse interrogation au destin.

** Dans un très grand nombre de familles du faubourg Saint-Germain, on ne conduisait pas les jeunes filles au spectacle ; mais on faisait exception, de l'avis même du confesseur, pour le théâtre italien ; et cela, par deux considérations assez bizarres : les chanteurs italiens n'étaient point excommuniés, et l'on ne comprenait pas les paroles du *libretto* !

plaire et m'amuser, du mieux que je pourrais, dans la plus noble et la plus élégante compagnie de France. Il n'y avait ni à délibérer sur ce point, ni à consulter mes goûts, ni à se régler sur mon caractère : tout le monde faisait ainsi ; nous ferions comme tout le monde ; c'était alors, ce sera peut-être toujours le dernier mot de la sagesse française.

Ma mère, quoique très allemande par certains côtés, protestante de naissance et d'éducation, ne réagissait aucunement contre cette sagesse toute française, et au fond, dans sa frivolité, toute catholique. Elle laissait faire l'usage et sans peine s'y conformait. Le tour de son esprit ne la portait pas à la critique des choses établies. Sa passion pour mon père l'avait jetée un jour dans la révolte, mais ce n'avait été là qu'une fougue passagère et elle était vite rentrée dans l'ordre et la règle.

Longtemps indifférente en matière de religion, ma mère, lorsqu'elle se fit catholique, obéit à un besoin de pratique et de strictes observances plutôt qu'à une conviction raisonnée de la supériorité du dogme. Elle ne connut pas le zèle des néophytes. Son bon sens, sa modération, sa simplicité d'âme la préservèrent, là comme ailleurs, de tout excès ; elle ne pratiqua ni les macérations, ni les mortifications, ni les jeûnes, ni aucune des rigueurs ostentatoires de la haute dévotion ; elle n'aima point à s'entourer de prêtres, et n'entra jamais dans les arrière-fonds de la sacristie. Dans un temps où la cour était dévote et la Compagnie de Jésus souveraine, la suggestion ne lui vint pas, comme à tant d'autres, de faire servir à ses intérêts mondains sa conversion, moins encore de se faire, à son tour, convertisseuse. Elle demeura, après comme avant, incapable de calcul, exempte de préoccupations ambitieuses ou égoïstes, exempte même de cette légitime personnalité qui donne à la vie l'impulsion et le caractère.

Au moment présent, ma mère, qui avait renoncé depuis longtemps à la fréquentation du temple luthérien, ne paraissait pas très intéressée aux choses du ciel. Ne voulant pas toutefois me confier à la garde d'une femme de chambre, elle m'accompagnait dans les églises, assistant, sans en exprimer jamais le moindre ennui, aux offices, aux sermons, à tous les exercices pieux dont mon âme, avide d'émotions, s'était fait un besoin et une habitude. Mais, à la façon dont elle m'en parlait, je voyais bien qu'elle n'y entendait pas grand-chose et qu'elle venait là, comme elle eût été ailleurs, par bienséance maternelle, nullement pour son propre compte.

Ce fut un premier chagrin dans notre vie à deux, un premier refoulement de mon sentiment le plus vif. Bientôt, sur beaucoup d'autres points, en dépit de l'extrême tendresse de ma mère et de sa constante sollicitude pour moi qu'elle chérissait au-dessus de tout, la discordance que la nature avait mise entre nos tempéraments et nos esprits se fit sentir à moi cruellement.

On a vu de quel irrésistible attrait j'avais été portée vers mon père ; chez lui tout me semblait grâce et beauté. Le contraire m'arrivait, à ma douloureuse surprise, avec ma mère, qui ne me plaisait pas. Elle avait dû pourtant être jolie ; une miniature que possède mon frère, et qui fut faite lorsqu'elle pouvait avoir vingt ans, l'atteste. Elle gardait encore de magnifiques cheveux blonds, un bras d'une beauté rare, de petits pieds cambrés, fort peu allemands ; elle avait, quoique petite, la taille très bien prise, et elle apportait beaucoup de soin dans son ajustement. La célèbre Victorine, habilleuse de mademoiselle Mars, faisait ses robes.

Cependant, sa présence, sans que j'eusse su dire pourquoi, ne m'était point agréable ; sa conversation ne tenait pas mes esprits en éveil. Bien qu'elle n'eût pour moi qu'indulgence et complaisance, l'idée ne me serait pas venue de lui ouvrir mon cœur. Je lui obéissais en toutes mes actions — il est vrai qu'elle commandait peu —, mais elle n'avait aucune prise sur mes pensées. Presque toujours ensemble, nous ne nous parlions jamais néanmoins de choses intimes.

Ma mère attachait à la ponctualité dans l'emploi des heures et à la surveillance du ménage une importance extrême. Elle administrait sa grande fortune, balançait ses dépenses et ses revenus avec une exactitude toute francfortoise. Plus tard j'ai apprécié ces qualités solides, cette capacité pour les affaires qui me manquait, mais alors j'en étais comme importunée. Je ne m'intéressais guère davantage aux propos qui s'échangeaient dans les visites que nous recevions ou rendions ; les disgrâces, les travers, les ridicules d'un chacun, dont on s'entretenait dans ces fréquentations avec une vivacité singulière, ne donnaient à mon imagination aucun aliment ; mon attention se détournait, je tombais dans une distraction complète, et l'ennui me sortait par tous les pores.

Je m'en faisais reproche. N'était-ce pas bien mal de ne pas me plaire dans la compagnie d'une personne à qui j'étais si chère et que tout me commandait d'aimer ? Ce trouble de ma conscience ne faisait qu'accroître mon déplaisir. Heureusement ma mère ne sentait pas ce qui manquait à nos rapports. Elle n'était que bonté, moi que douceur. Comment n'aurait-elle pas eu l'illusion d'une intimité parfaite ?

Quel mystère en effet que ces oppositions de nature, si fréquentes et si douloureuses, entre deux êtres de même chair et de même sang, dont l'un est sorti des flancs de l'autre, s'est nourri de sa substance, a grandi sous ses yeux, par ses soins, dans une même atmosphère ! Plus j'y ai réfléchi, moins j'ai pu comprendre une telle ironie de l'hérédité, qui met en présence, dans la relation la plus étroite que puissent créer l'instinct, le devoir et l'habitude, deux personnes en qui tout diffère et dont tous les penchants se contredisent. L'opinion frivole du monde, qui se paye d'apparence, n'admet pas ces anomalies ; mais quel est le moraliste, le philosophe qui n'en a pas observé des exemples consternants ?

Ce que nous appelons *lois du sang*, c'est chose bien obscure encore, et, sans le silence des familles qui recouvre plus d'un secret terrible d'antipathies fatales ou d'affinités plus fatales encore, nous serions épouvantés de ce que la nature recèle, dans son sein indifférent, de contradictoire à la conscience humaine.

J'ai vu de près, j'ai connu par de tristes confidences plus d'un exemple de ces erreurs du sang. Ici du moins, grâce à l'inépuisable et un peu aveugle tendresse de ma mère, il n'y eut qu'une fatalité très adoucie par la raison, par la volonté, par la gratitude.

Peu après ma sortie du couvent, nous allâmes en Touraine, et les alternatives régulières de nos saisons à Paris et à la campagne reprirent comme auparavant, avec cette différence néanmoins que j'étais plus qu'auparavant seule avec ma mère.

Ma grand-mère Lenoir, quoique en excellents termes avec sa belle-fille, ne vint plus au Mortier après la mort de son fils. Elle alla se fixer à Château-Thierry auprès de la famille Tribert, liée de longue date avec la famille Lenoir. Ma sœur Auguste quitta Paris pour aller s'établir à Francfort. Mon frère, depuis qu'il était entré dans la diplomatie, désireux de faire son chemin et de contenter ses chefs, ne prenait que de rares congés ; « l'oncle » aussi ne faisait plus que de courtes apparitions en France, et comme ma mère n'avait aucunement l'esprit de tradition, comme elle ne me parlait jamais ni d'elle-même, ni de mon père, ni d'aucun de nos proches ou de nos ancêtres, il arriva que, dans un âge aussi tendre, portée comme je l'étais au respect, à la docilité hiérarchique, à la vénération, je ne connus guère de la famille que le nom, et que mon inexpérience ne trouva où s'appuyer ni sur qui se modeler dans ce premier essai de la vie. Abandonnée ainsi à moi-même et sans épanchement filial, ma pente naturelle à la rêverie s'accentua, et pendant un assez long temps cette rêverie empreinte de mysticisme alla vers le cloître.

Bien que ma chère madame Antonia, mon amie Fanny et même la pauvre Adelise eussent quitté l'hôtel Biron, j'y retournais fréquemment ; j'assistais dans la chapelle du Sacré-Cœur aux offices des fêtes de la Vierge et de la quinzaine de Pâques, y goûtant plus qu'à ma paroisse cette saveur de dévotion qui s'exhale en soupirs séraphiques du sein des jeunes cloîtrées. Nulle autre part le *Miserere*, le *Parce Domine*, chantés par des voix émues où tremblait l'amour divin, ne me pénétraient d'une si suave mélancolie.

Lorsque je montais à l'orgue et que je mêlais ma voix au chœur, j'éprouvais un ravissement auprès duquel mes plaisirs mondains me paraissaient insipides.

On s'étonnera peut-être que l'exaltation de ma piété ne me portât pas à souhaiter, à tenter la conversion de ma mère. Mais j'ai tout lieu de croire que, dès cette époque, le sang protestant qui coulait dans mes veines mêlait à ma ferveur catholique des inconséquences et des contradictions qu'il n'eût pas fallu serrer de trop près. Je faisais au confessionnal des questions sur les dogmes auxquelles on ne me répondait que par des exhortations à la soumission d'esprit : je suis bien certaine, par exemple, de n'avoir jamais cru à l'éternité des peines de l'enfer ; et sans aucun doute aussi mon indifférence à l'endroit de la conversion de ma mère provenait de ce que l'article de foi qui la damnait ne m'était jamais entré dans la cervelle. Cette conversion, qui devait se faire quelques années après, sans ma participation, mais dont assurément les premiers germes furent déposés dès cette heure dans l'âme maternelle par la contagion de ma jeune ferveur*, était alors, sans que je le susse, le point de mire des congrégations, le *desideratum* des sectaires et des missionnaires de toutes sortes.

L'un d'eux, qui a laissé quelques traces dans les annales catholiques de la Restauration, M. Coëssin, entreprit l'œuvre sainte et profitable, d'une manière qui vaut d'être rappelée ici.

Sauf à quelques jours de particulière dévotion qui me ramenaient au Sacré-Cœur, j'étais très assidue aux offices de la paroisse, la Madeleine.

Nous avions, ma mère et moi, nos deux places réservées, à l'entrée de la chapelle de la Vierge. On me remarquait là comme ailleurs. Je ne tardai pas, de mon côté, à remarquer les allures singulières d'un groupe,

* J'ai bien souvent médité sur cette suite irrégulière et irrationnelle des choses qui amène ce qu'on appelle le progrès de l'esprit humain. Je nais protestante ; tout enfant on me fait catholique sans mon aveu et par pure convenance mondaine. Dans ma jeunesse, sans le vouloir, sans le savoir, je convertis ma mère protestante à la foi catholique, que mon âge mûr cesse de professer pour embrasser la religion sans dogmes et sans culte du poète qui bénit mon enfance. Qu'y a-t-il eu là de nécessaire, de contingent ? à quel moment, à quel point de cet entrecroisement de hasards et d'aventures, ma volonté eût-elle pu intervenir, et de quoi suis-je responsable ?

De l'émigration qui amène mon père à Francfort et lui fait épouser ma mère ? De la règle des unions mixtes qui me fait protestante ? De la sagesse mondaine de ma grand-mère qui me fait catholique ? De la pente naturelle et héréditaire de mon esprit qui me ramène au libre examen ? Quelle psychologie, quelle physiologie assez subtiles pour démêler un tel embrouillement de causes et d'effets ?

voisin de nous, également assidu, et qui, sans que nous le connussions, paraissait nous connaître. Ce groupe se composait d'un homme déjà mûr et de quatre jeunes gens, dont l'un portait la soutane. Leur attitude était modeste, presque humble, et pourtant de personnes qui ne voudraient pas être confondues. À la grand-messe, le moment de la communion venu, tous ensemble ils se levaient ; les mains jointes, les yeux baissés, d'un air de componction, ils allaient à la sainte table ; généralement ils y étaient seuls, les communiants choisissant de préférence les heures plus matinales et les messes basses. Au retour de la sainte table, ils demeuraient tous cinq longtemps agenouillés, la tête inclinée sur le prie-Dieu, le visage caché dans leurs mains, plongés dans une méditation profonde et poussant des soupirs à fendre les murs.

Insensiblement, sans nous parler, et comme il est permis entre voisins à l'église, le chef du groupe d'abord, puis l'un ou l'autre des jeunes adeptes, avaient trouvé moyen d'entrer en relation avec ma mère et moi. La corbeille de pain bénit qu'on se passe dans les rangs, la quête, l'importunité de la loueuse de chaises, l'entremise des bénitiers surtout, à la sortie, qui rapproche les doigts pieux, offraient à nos paroissiens bien « usagés » mille occasions discrètes de politesses.

Les yeux de M. Coëssin, car c'était lui, me regardaient jusqu'au fond de l'âme, et ses lèvres, sans articuler une parole, murmuraient à mon oreille je ne sais quoi d'indistinct, d'attirant et de caressant ; le jeune abbé de La Trèche, le saint Jean entre les disciples, adressait ses empressements et ses révérences à ma mère. Les disciples laïques, un chevalier de Bauterne, entre autres, dont l'air était plus galant et la façon plus mondaine, se risquaient, lorsque nous arrivions à vêpres en retard, jusqu'à me passer le paroissien ouvert et à m'y indiquer le verset.

Ce manège avait pour but de préparer une connaissance plus intime et de pouvoir, un jour ou l'autre, s'introduire chez nous. Une mère riche à convertir, une fille riche à épouser ou à marier n'étaient pas un mince appât pour la convoitise de nos dévots. Et, de fait, à quelque temps de là, un jour que je me trouvais seule à la maison, la femme de chambre vint m'avertir que M. l'abbé de La Trèche demandait à me parler. Je fis répondre que, ma mère étant sortie, je ne pouvais recevoir personne. Il insista et me fit passer sa carte avec un petit mot au crayon sur l'urgence de la communication qu'il avait à me faire. Mais j'étais prévenue par le curé de la Madeleine — l'abbé Gallard — qui n'aimait point cette petite église dans son église, qu'il y avait là sous jeu quelque intrigue, et je m'obstinai dans mon refus.

Notre prochain départ mit fin à l'incident. L'année d'après, sans que j'aie jamais su pourquoi, M. Coëssin et sa secte avaient disparu de l'Assomption. Peut-être l'abbé Gallard leur avait-il fait entendre qu'il les connaissait et les surveillait ; toujours est-il qu'en cette occasion, comme en plusieurs autres, il me prémunit contre les dangers de la vie dévote, auxquels mon extrême candeur m'exposait plus que personne.

Ce bon abbé Gallard, devenu mon confesseur, n'avait ni grand esprit ni grand talent, mais c'était un homme de grand bon sens, et tel qu'il le fallait à mon âme ardente pour la préserver de ses propres entraînements.

Bien que d'une assez humble origine et d'un âge moyen, il avait l'usage du monde et de l'expérience. Sa foi était sincère, mais sans enthousiasme ; ses mœurs étaient pures, mais sans ombre de rigidité. Admis dans l'intimité des familles, il y était bien vu de toutes les générations parce qu'il y portait l'esprit de paix. Aplanissant tout, conciliant tout, dissuadant toujours des mesures extrêmes, l'abbé Gallard pratiquait, en religion, cette doctrine de juste milieu qui devait bientôt triompher dans la politique.

Cet agréable curé aimait à dîner en ville, et ses opulentes paroissiennes lui en offraient souvent l'occasion. De visage et de cœur ouverts, d'humeur bienveillante, de propos gai, il attirait à soi les enfants de la maison.

Je ne sais comment, il s'était fait dans ce petit monde une renommée pour sa manière de creuser les oranges en *puits d'amour* ; c'était, paraît-il, quelque chose d'inimitable et de tout à fait délicieux. Rien n'était comique, le dessert venu, comme d'entendre, d'un bout de la table à l'autre, une voix partie d'un groupe de jeunes filles lui crier sans aucun embarras, devant vingt personnes : « Monsieur le curé, faites-nous donc un puits d'amour ! »

Quoi qu'il en soit, je dois à cet excellent homme d'avoir échappé au zèle des accapareurs de conscience et de ne m'être point abandonnée à une fausse vocation.

Tempérée du côté des choses du ciel, mon imagination manquait d'aliment. J'ai parlé de mes premiers rêves romanesques. Depuis longtemps, comme on peut croire, le petit amoureux de quatorze ans, blond, blanc et rose, qui me dérobait un gant, et à qui j'avais en retour juré fidélité éternelle, était oublié. Pendant que de petite fille je me faisais belle demoiselle, il devenait un assez lourdaud campagnard. C'est à peine si je le reconnus quand il me vint gauchement prier à danser, dans un bal du voisinage ; et son air provincial effaça tout aussitôt l'image gracieuse qui m'était restée de lui.

À défaut de romans, de rêves d'amour, les perspectives sérieuses du mariage s'ouvrirent devant moi.

[...][1]

1. Dans le chap. XIV, intitulé « Les mariages à la française », Marie d'Agoult critique la légèreté avec laquelle les mariages se concluent dans le grand monde. Enivrées par les flatteries et couvertes de cadeaux, les jeunes filles se retrouvent bientôt liées pour toujours à des jeunes gens qu'elles connaissent à peine ; elles auront, leur dit-on, toute leur vie pour les mieux connaître.

XV

Ma valeur matrimoniale. — Les demandes en mariage. — Un amour vrai. — Le comte de Lagarde. — Un seul mot peut changer une destinée.

J'étais, selon l'expression consacrée, un *très bon parti*. Une jeune fille bien née, bien élevée, bien dotée — ma mère me donnait trois cent mille francs, somme considérable pour ce temps-là, et s'offrait à me garder chez elle, à Paris et à la campagne, moi, mon mari, nos enfants s'il en venait, nos serviteurs —, avec des *espérances solides* — pas moins d'un million d'héritage maternel —, pouvait prétendre à tout.

J'entendais ces propos, dans la bouche des douairières, avec d'autres qu'on y ajoutait, les plus flatteurs du monde, sur ma personne.

Le jour même où ma mère était venue me chercher à l'hôtel Biron, une de nos professes, madame de Marbeuf, lui avait fait au parloir, en ma présence, la demande de ma main pour l'un de ses parents, qu'elle disait extrêmement riche. Quelques jours après, la princesse de La Trémoïlle, consultée sur cette ouverture, avait prononcé de son autorité souveraine, en ma présence encore, que le baron de P... était de trop petite noblesse — on appelait cela n'être *pas bon* ! — et qu'une fille de bonne maison telle que moi devait trouver beaucoup mieux.

J'étais donc bien avertie de ma grande valeur matrimoniale. En effet, depuis ce jour, pendant l'espace de cinq années, les propositions, les demandes plus ou moins directes, les négociations de toutes sortes se succédèrent chez nous presque sans interruption. J'entendis nommer comme aspirant à ma main l'amiral Mackau, le marquis de Castelbajac, le comte de Marcellus, le baron de Bourgoing, le comte de Custine, à peine veuf de sa première femme, qui, au dire de la princesse de La Trémoïlle*, grandement favorable à ce projet d'union, avait été très heureuse en ménage.

Mon frère, qui me trouvait l'air et les manières d'une ambassadrice, aurait vu avec plaisir mon mariage avec l'un ou l'autre de ses collègues en diplomatie. Mais, dans les premières années de ma vie mondaine, je n'accordai à toutes ces demandes que fort peu d'attention.

Comme personne ne me parlait du mariage autrement qu'au point de vue des avantages extérieurs et que je n'avais aucune convoitise ni de grandeurs ni de richesse, comme aussi toutes ces négociations entamées se rompaient avant d'en venir au point où il eût fallu me prononcer sur le mérite ou le charme de la personne qu'on me proposait pour époux, je voyais défiler sous mes yeux des chiffres, des généalogies, des énumérations de titres, de fonctions, des noms de châteaux, etc., sans y chercher autre chose qu'un passetemps.

Mes jeunes amies, Fanny de La Rochefoucauld, Esther Le Tissier, et surtout Lucile — je n'étais plus aussi

* À quelque temps de là, un éclat scandaleux [la découverte de l'homosexualité du comte] montra que la princesse n'était pas toujours infaillible en ses jugements sur les choses et les personnes, ce qui étonna chez nous.

liée avec Adrienne de Bizemont, dont les parents ne venaient point à Paris —, ne comprenaient pas mon indifférence en ces matières. Tout à l'ambition d'un mariage brillant, toutes françaises en leur idéal de mariage, sans un atome de cette poésie germanique qui me faisait rêver l'amour éternel dans l'union conjugale, sans inclination romanesque, elles m'entretenaient avec une vivacité extrême des *partis* qui se présentaient pour elles, elles en balançaient tous les avantages avec une passion où le cœur n'avait certes aucune part.

C'était là encore pour moi un sujet d'étonnement, un chagrin qui me repliait sur moi-même, qui me refoulait de plus en plus dans le vide et le silence de mon cœur altéré d'amour.

Le jour n'était pas loin où ce cœur s'allait remplir d'un sentiment vrai, profond, et qui faillit changer entièrement le cours de mon existence.

Entre les personnes qui venaient chez nous souvent, parmi celles qui s'occupaient de moi, il en était une, une seule, vers laquelle m'inclinait une sympathie vive, mais timide à l'excès, et que je n'aurais su définir. Relativement à moi, relativement aux amis de mon frère, qui m'entouraient et me *faisaient la cour*, un homme de quarante-cinq ans — c'était l'âge du comte de Lagarde — devait paraître un vieillard. Et pourtant ce fut lui qui me captiva, qui m'inspira un sérieux désir de plaire. Ce fut lui qui bientôt occupa toutes mes pensées.

Le comte Auguste de Lagarde II était un homme du monde accompli, de l'esprit le plus fin, d'une grâce exquise. Mais il était mieux que cela, il l'avait prouvé. Chose rare ! la finesse de l'esprit s'alliait en lui à l'élévation du caractère, et la politesse du langage à la sincérité d'une âme forte. Soldat et diplomate, longtemps aide de camp du duc de Richelieu, dont il partageait les opinions libérales, le général de Lagarde portait sous son cordon rouge la marque d'une action héroïque, la cicatrice d'un coup de feu, reçu à bout portant, en pleine poitrine, dans une lutte sanglante où il avait tenté d'arracher à la rage des fanatiques des hommes de bonne foi qui voulaient prier Dieu selon leur conscience*.

Il venait, dans son ambassade d'Espagne, de donner de ses talents l'opinion la plus haute. On l'avait nommé pair de France. M. de Lagarde avait beaucoup voyagé, pratiqué les affaires, fréquenté les princes et vu de près les cours. Il connaissait le monde et la vie ; son expérience était complète, mais sans amertume. Il avait, en parlant des hommes et des choses, un sourire désabusé plein de douceur. Son corps maigri, son visage miné par la souffrance gardaient une élégance et un

* On se rappelle que le général de Lagarde, commandant la division militaire dans le Gard, fut envoyé à Nîmes pour contenir les troubles religieux. Le duc d'Angoulême, en quittant la ville (7 novembre 1815), avait ordonné la réouverture du temple protestant. Le chef de bande Trestaillon, excitant la population catholique à la révolte, monsieur de Lagarde n'hésita pas à le faire arrêter, mais un des agents de Trestaillon continua son œuvre. Le jour de l'ouverture du temple, pendant le service, une multitude fanatisée et armée assaillit les portes de la maison de prière et se rua sur les protestants ; un affreux massacre commençait quand le général, averti, accourut à la tête d'une poignée d'hommes ; presque seul, il poussa son cheval au plus fort de la mêlée. De la voix et du geste, il s'efforçait de calmer ces furieux, de leur arracher leurs victimes, quand l'un d'eux, un garde national nommé Boivin, saisissant la bride de son cheval, lui appuie sur la poitrine une arme à feu. Le coup part. Atteint presque mortellement, le général Lagarde se soutient encore quelques instants, malgré le sang qu'il perdait à flots, et menace les révoltés de sa main mourante. Enfin il chancelle, les siens arrivent, on le tire de la mêlée, on l'emporte sur un brancard. Longtemps il demeura entre la mort et la vie, et jamais il ne se remit entièrement des suites de cette profonde blessure.

charme incomparables. Il aimait la conversation des femmes. Il y portait cette pénétration discrète, ce *sous-entendu*, ce je-ne-sais-quoi délicat et tendre qui leur plaît et les retient attentives. Les nuances, les insinuations de sa voix et de son sourire étaient infinies, surtout lorsqu'il voulait persuader. Rien n'égalait pour moi le plaisir d'entendre sa parole qui cherchait la mienne, de sentir son regard qui cherchait le mien.

Il est de la nature féminine, courageuse dans l'ordre moral, mais aisément intimidée et d'une faible initiative dans le monde de l'action, qu'elle soit attirée vers les qualités qui lui manquent et qui la complètent.

Quand M. de Lagarde qui, d'habitude, parlait peu de lui, me racontait quelques faits de sa vie passée, quand, dans la simplicité de ses récits, je sentais sous son apparence débile la constance de son courage, tout en moi se recueillait pour mieux l'entendre et pour l'admirer.

Dès la première fois que nous nous étions rencontrés — c'était chez le marquis d'Autichamp, gouverneur du Louvre, parent de M. de Lagarde, à l'occasion de la procession de la Fête-Dieu que suivaient les princes, et que nous étions allées voir passer, ma mère et moi, d'une fenêtre du palais —, je m'étais sentie très intéressée à sa conversation, bien qu'elle roulât sur la politique, dont je ne savais absolument rien. Lui, de son côté, surpris peut-être d'être écouté de la sorte par de grands beaux yeux, pleins de curiosité et de candeur, m'avait beaucoup regardée.

Se faisant connaître à ma mère pour un ami de l'oncle Bethmann, il lui avait demandé, à ce titre, la permission de se présenter chez elle. Le lendemain il nous faisait sa visite. Invité à la renouveler, à venir dîner chez nous, il ne se fit pas prier, et bientôt, aussi bien à lui qu'à moi, il parut tout simple et comme nécessaire de ne laisser passer, pour nous voir ou nous écrire, aucun de ces mille prétextes que font naître journellement, entre gens de bonne compagnie, les usages et les politesses du monde. Chaque jour j'étais plus charmée de tant de grâce et d'esprit, plus sensible à la beauté morale qui rayonnait si doucement dans toute la personne de cet homme aimable, plus touchée du sentiment qui l'amenait vers moi et qui l'y retenait sans s'exprimer. Chaque jour je prenais plus en dégoût les *mariages de convenance*. Je ne souffrais plus qu'on m'en parlât. Lorsqu'un jour, mon frère, récemment arrivé de Londres, dit devant moi à ma mère que bien certainement M. de Lagarde ne venait pas ainsi chez nous sans intention, et qu'il fallait savoir ce que l'on répondrait à une demande formelle, lorsqu'elle nous serait faite, j'en ressentis un trouble, une joie extrême, et que je ne confiai à personne.

Comment celui qui me l'inspirait ne l'a-t-il pas deviné ? Comment, dans l'espace de deux années que nous nous vîmes presque chaque jour, a-t-il pu ne pas sentir que la différence des âges disparaissait à mes yeux dans la ressemblance des goûts et des pensées ? qu'à l'éclat de la jeunesse, qui brillait dans d'autres yeux, je préférais sa mélancolie ; à l'expansion bruyante des plus gais entretiens, sa gravité ; aux hommages déclarés de mes hardis prétendants, son assiduité craintive et, par-dessus tout, son silence ?

Cependant les jours s'écoulaient et M. de Lagarde ne s'expliquait pas. Il n'osait, — c'est du moins ce que me dit plus tard l'amie pour laquelle il n'avait pas de secret —, tant il redoutait un refus qui lui eût commandé de s'éloigner. Il me voyait si jeune, je lui paraissais si belle, et il me savait si recherchée, qu'il faisait sur lui-même, sur son âge, sur le déclin des ans, des retours cruels. Il hésitait ; il s'enhardissait en venant vers nous ; y était-il, il perdait aussitôt courage. Quand il me voyait au bal dans mes fraîches parures, quand je faisais devant lui de ces longs projets qui ne comptent ni avec le temps, ni avec la maladie, ni avec la mort, il devenait tout à coup pensif ; il nous quittait brusquement, lui si plein de courtoisie. Il s'excusait le lendemain, disant qu'il avait souffert de sa blessure et qu'il se sentait bien vieux... Il souriait alors d'un indéfinissable sourire, qui me pénétrait de tristesse.

Il paraît que, dans ses perplexités, M. de Lagarde se confiait à une femme du monde, dont il avait été l'amant dans sa jeunesse et qui se flattait encore de le reprendre en ses lacs. Les visées de la marquise de***, en cela très semblable à la plupart des femmes parisiennes, plus ambitieuses que tendres ou scrupuleuses, étaient, en faisant épouser à M. de Lagarde l'une de ses filles, fort laide et insignifiante, de garder sur l'esprit d'un homme en faveur une influence utile.

L'amour de M. de Lagarde pour moi, surtout si le mariage devait s'ensuivre, dérangeait ces combinaisons. Aussi, en paraissant le conseiller selon son cœur, la marquise employa-t-elle tout ce qu'elle avait d'artifice à le jeter plus avant dans l'hésitation. Le voyait-elle résolu de faire sa demande, elle offrait de s'en charger. Il acceptait, tout heureux d'échapper à l'embarras de cette démarche toujours différée ; alors, sous un prétexte, puis sous un autre, elle différait à son tour, inventait des délais plausibles, et finalement, par quelque nouvelle perfidie, replongeait toutes choses dans l'incertitude.

Ce manège dura toute une saison.

D'autre part, ma mère, mon frère, la princesse de La Trémoïlle, toujours interrogée comme l'oracle en ces occasions, l'oncle Bethmann par correspondance, se consultaient. Le caractère et la situation de M. de Lagarde ne souffraient pas d'objections, mais la princesse le trouvait, chose grave ! trop libéral. Quant à mes parents, ils eussent été contents d'une telle alliance, mais ils craignaient de me donner pour mari un homme déjà trop atteint par l'âge et par la souffrance.

Les jours et le mois passaient ainsi. Nous étions au mois de juillet de l'année 1825. Tous les ans, vers cette époque, le général de Lagarde se rendait aux eaux de Gastein[1] pour sa blessure. Le jour de son départ approchait. Jamais je n'en avais ressenti une peine aussi vive.

Un après-midi, il vint chez nous pour nous dire adieu, il partait le lendemain. J'ai su depuis que, en butte à de vives instances pour un mariage dans sa parenté, il avait pris à deux mains son courage et résolu, à ce dernier moment, de s'expliquer enfin avec moi. Depuis près d'une heure déjà M. de Lagarde était au salon avec ma mère, quand je me décidai d'y entrer. Il m'avait fallu du temps pour composer mon visage. Quand j'ouvris la porte du salon, M. de Lagarde était levé et prenait congé. Je m'avançai vers lui, et lui tendant la main :

— Vous partez, lui dis-je, et les larmes me venaient aux yeux.

— Oui, je pars, répondit-il, en attachant sur moi un long regard.

Et, comme je demeurais muette… :

— Je pars, reprit-il en appuyant sur les mots ; et, d'une voix altérée : Je pars… à moins que vous ne m'ordonniez de rester.

« Restez !…. » Ce mot si court, ce mot qui décidait de toute mon existence, il vint, plus prompt que la pensée, à ma lèvre, je l'y sentis vibrer et trembler… il y expira. Il s'y éteignit dans une incroyable défaillance de mon amour et de ma volonté…

Quelqu'un venait ; M. de Lagarde sortit. Je rentrai dans ma chambre. J'entendis la voiture rouler sourdement sous la voûte, le marchepied s'abattre, la portière

1. Petite ville d'eaux proche de Salzbourg.

se refermer. Tout était dit. Je mis ma tête dans mes mains et je fondis en larmes.

Trois mois après, M. de Lagarde, cédant à des sollicitations de famille, épousait une de ses cousines à peine sortie de pension.

Lorsque nous nous revîmes dans le monde, nous ne nous parlâmes jamais du passé. M. de Lagarde ne vint pas chez moi après mon mariage. Il y eut toujours entre nous quelque chose d'à part : une nuance d'accueil et d'accent insaisissable pour les indifférents mais infiniment douce et triste. Et chaque fois mon regret devenait plus intense par la connaissance que j'avais acquise du monde et de moi-même.

Avec quelle amertume, dans le long cours des ans, je me suis accusée et repentie de n'avoir pas écouté la voix de mon cœur ! Avec quelle obstination, revenant sur le passé, j'ai cherché à me représenter ce qu'eût été ma vie si j'avais eu le courage de ma tendresse, et si, mettant ma main dans la main de cet homme aimant et bon, je lui avais dit : *Restez !* restez près de moi, restez avec moi, soyez mon ami, mon guide, mon conseil et ma conscience, mon paternel époux !.... Ah ! combien il eût été facile à cette main prévoyante, si ferme et si douce, de me retenir avec elle dans les voies aplanies où le devoir s'appuie et s'abandonne aux secrets penchants du cœur !

Quel renouvellement indéfini de respects et de tendresses ma jeunesse eût puisé dans le commerce d'un homme en qui la grandeur et la bonté ne faisaient qu'un avec l'intelligence et le courage ! Quelle animation de l'esprit à tout apprendre, quel repos du cœur à se sentir aimée, comprise toujours, d'une si pénétrante et indulgente amitié ! Quel bonheur de rendre plus douce à cette âme virile l'acceptation des peines de la vie ! Quelle joie à démentir les prévisions de la commune sagesse ! Quel orgueil dans un bonheur si haut !....

Je n'étais pas appelée à une telle destinée. Je ne devais connaître le repos qu'à l'autre bout de la vie. Il me fallait chercher, douter, lutter souffrir, être misérablement déchirée, dans toutes les fibres de mon cœur ; inquiétée, déconcertée, dans toutes les aspirations de mon esprit ; trouver enfin la paix, mais la paix des solitudes, la tardive sagesse qui croît sur les tombeaux, comme le lierre sans parfum, au fruit inutile !

[...][1]

1. Le bref chap. XVI comporte quelques réflexions sur les changements intervenus entre la fin des années 1820 et 1868, date à laquelle Marie d'Agoult rédige cette première partie de ses Mémoires.

XVII

MON MARIAGE

Mais ni le roman anglais, ni le bal, ni les distractions qu'on multipliait autour de moi ne changeaient au fond ma disposition d'esprit. Les propositions de mariage, les entrevues continuaient et me devenaient tout à fait insupportables.

Un jour, je ne saurais trop dire par quelle suite de réflexions, j'en vins, à part moi, à la résolution bien arrêtée d'y mettre fin. Je fus trouver ma mère, et lui exprimant la répugnance extrême que j'éprouvais pour le rôle qui m'était assigné dans les préliminaires d'un acte où je ne voyais autre chose que l'accomplissement nécessaire, mais indifférent, d'un devoir, je la conjurai, à la première demande qui lui serait faite, de se concerter avec mon frère, puis de dire *oui* ou *non* sans m'en parler, promettant de ratifier ce *oui* prononcé par deux personnes d'un jugement sûr et que je reconnaissais, en toute manière, infiniment supérieur au mien.

Ma mère, tout en blâmant ce parti pris, trop absolu, disait-elle, n'en était pas, au fond, trop mécontente. De son côté, mon frère était d'avis que j'arrivais à l'âge où il est sage de marier les jeunes filles. Ma pâleur et ma mélancolie semblaient lui donner raison.

Mon amie Esther était à la veille de se marier, Fanny était depuis six mois comtesse de Montault, et toutes deux paraissaient s'accommoder très bien de ce changement d'état. Chaque fois que j'allais à confesse, l'abbé Gallard, après m'avoir donné sa bénédiction, ne manquait jamais d'ajouter : « J'espère bien, mon enfant, vous bénir à l'autel avant qu'il soit peu. »

Et voici qu'à point nommé le prince et la princesse de La Trémoïlle, qui jamais ne convenaient sur rien, se mettaient d'accord pour proposer à ma mère une alliance qui, à leurs yeux, était la plus souhaitable du monde.

Issu d'une des plus anciennes maisons de France, alliée aux maisons de Castellane, de Sabran, de Forbin-Janson, de Simiane, etc., et qui avait exercé des droits souverains, le comte Charles d'Agoult, colonel de cavalerie, aide de camp du général Latour-Maubourg, neveu du vicomte d'Agoult, chevalier des ordres du roi, premier écuyer de madame la dauphine, demandait ma main.

Il n'avait pas une fortune égale à la mienne ; mais, vaillant soldat, signalé dans toute l'armée pour sa brillante bravoure, proche parent de la plus intime amie de la future reine de France, il ne pouvait manquer d'obtenir un avancement rapide, avec quelque charge de cour, qui compenseraient par de beaux traitements ce qui manquait à son patrimoine. C'était à tous égards une grande alliance. Toutes informations prises, ma mère en agréa la proposition. Mon frère absent — il était secrétaire d'ambassade à Londres auprès de M. de Polignac — y donna par lettre son assentiment. Mon confesseur m'exhortait à entrer dans une famille si chrétienne et si bien en cour.

Deux fois rompues sur des malentendus dans les évaluations de fortune, les négociations furent deux fois renouées par l'intervention efficace du prince de La Trémoïlle.

On a vu comment j'avais à l'avance résolu d'accepter le premier projet qui conviendrait à ma mère. Je ne revins pas sur ce que j'avais dit. Tout se passa selon les bienséances du monde et de la cour, à laquelle j'allais appartenir. Le roi Charles X, Louis-Antoine dauphin, Marie-Thérèse dauphine de France, Marie-Caroline duchesse de Berry, Louis-Philippe d'Orléans, Marie-Amélie, mademoiselle d'Orléans, qu'on devait appeler, à la cour de son frère devenu roi, madame Adélaïde, signèrent à mon contrat. Le 16 mai 1827, à midi, en l'église de l'Assomption, l'abbé Gallard, curé de la paroisse de la Madeleine, vicaire général du diocèse, me donna en présence d'une nombreuse et illustre assistance la bénédiction nuptiale.

Appendices

Éléments biographiques

1805. Naissance le 31 décembre à Francfort-sur-le-Main de Marie Sophie Catherine de Flavigny, troisième enfant du vicomte Alexandre de Flavigny et de sa femme, Marie-Élisabeth Bethmann, appartenant à une riche famille de banquiers protestants. Marie passe une petite enfance heureuse entre Francfort et le château du Mortier, près de Tours, où elle vit « en grande franchise d'allures ».

1816. Élevée dans la religion catholique à la demande de sa grand-mère paternelle, Marie fait sa première communion. À Paris, rue de Grenelle, elle reçoit un enseignement privé de qualité avec d'autres jeunes filles de la noblesse. Elle-même très musicienne, sa mère fait d'elle une musicienne accomplie. Nombreuses lectures. « Je me croyais, moi aussi, en proie au *vague des passions*, à cet *ennui* de source divine, dont Chateaubriand répandait, de sa coupe enchantée, sur toute ma génération, la dangereuse ivresse. [...] J'étais *chateaubrianisée*. »

1820. Mort d'Alexandre de Flavigny. Après un séjour de quelques mois à Francfort avec sa mère, Marie est placée au couvent des Dames du Sacré-Cœur à Paris, réservé aux jeunes filles de l'aristocratie. Sa dévotion est grande ; elle songe un moment à se faire religieuse.

1822. Marie quitte le couvent à regret. « Les cinq années qui s'écoulèrent entre le jour où je sortis du couvent et le jour de mon mariage furent, sous les dehors les plus riants de plaisirs et de liberté, pleines d'ennui et de mélancolie. [...] J'étais, selon l'expression consacrée, un *très bon parti*. Une jeune fille bien née, bien élevée, bien dotée [...]. »

1827. Mariage en grande pompe de Marie de Flavigny avec le comte Charles Louis Constance d'Agoult, colonel à la retraite, proche de Charles X. « Je n'eus pas grand-peine à comprendre qu'elle avait autant d'esprit que d'usage du monde et que le cœur n'entrait pas pour grand-chose dans ce qu'elle disait », se souvient le comte d'Agoult dans ses *Mémoires*. Le couple aura deux filles, Louise (1828) et Claire (1830). Marie tient salon ; son goût pour la peinture et la littérature, son réel talent de musicienne sont appréciés d'un milieu très conservateur où perdurent les usages et les manières de l'Ancien Régime. Elle tait « l'isolement complet du cœur et de l'esprit ». « On m'avait inculqué de bonne heure cette notion chrétienne que la souffrance est chose agréable à Dieu. Je fis effort pour me le bien persuader. »

1832. Au début de l'année, Marie d'Agoult tente de mettre fin à ses jours et est soignée à Genève. En décembre, elle fait la connaissance de Franz Liszt (1811-1886), qui jouit déjà d'une grande réputation de pianiste virtuose et de compositeur : « Une taille haute, mince à l'excès, un visage pâle, avec de grands yeux d'un vert de mer où brillaient de rapides clartés [...], une physionomie souffrante et puissante, une démarche indécise [...], l'air distrait, inquiet [...], tel je voyais devant moi ce jeune génie. » Ils entretiennent bientôt une liaison passionnée qui demeure secrète.

1834. Mort de la petite Louise ; elle plonge Marie dans un désespoir complet.

1835. Enceinte de Liszt, Marie d'Agoult quitte Paris et rejoint le musicien à Bâle, puis à Genève où leur fille Blandine naît en décembre. Début de la correspondance avec George Sand. Celle-ci l'encourage à écrire et lui dédicace son roman *Simon* : « Mystérieuse amie, soyez la patronne de ce petit conte. »

1836. Pendant l'été, George Sand et ses deux enfants retrouvent à Chamonix Liszt et Marie d'Agoult. Sand consacre à son séjour à Chamonix les *Entretiens journaliers* (repris dans ses *Œuvres autobiographiques*) et la lettre X du recueil intitulé *Lettres d'un voyageur* (1837).

1837. Séjour à Nohant de Liszt et Marie d'Agoult. Liszt s'en souvient dans de belles pages des *Lettres d'un bachelier ès musique* (1841). Le 5 juin, Marie commence un journal qu'elle tiendra jusqu'en octobre 1839. À la fin de l'été, le couple gagne l'Italie où il séjournera pendant près de deux ans. Naissance de Cosima, deuxième enfant de Liszt et de sa maîtresse (mariée d'abord à Hans von Bülow puis divorcée, Cosima épousera plus tard Richard Wagner).

1839. Naissance à Rome de Daniel (il mourra en 1859). Retour d'Italie en octobre et installation à Paris, rue Neuve-des-Mathurins. Marie, qui s'est (un peu) réconciliée avec sa famille, tient un salon cosmopolite où se pressent artistes, politiciens et intellectuels en vue. Alfred de Vigny, Eugène Sue, Victor Hugo ou Sainte-Beuve échangent avec elle des lettres piquantes, Émile de Girardin aussi, qui en est tombé amoureux. Brouille définitive avec George Sand à la suite d'un différend avec une amie commune. Publication de la première version de *Béatrix* (1839), roman dans lequel Balzac met en scène Béatrix de Rochefide, « sèche, reluisante et anguleuse comme un coquillage », et une femme de lettres de grand talent, connue en littérature sous le pseudonyme de Camille Maupin. Les ressemblances des personnages avec des personnes réelles n'échappent à personne.

1840-1843. Bien que toujours officiellement lié à Marie d'Agoult, Franz Liszt fait des séjours de plus en plus longs à l'étranger. Concerts et tournées se multiplient dans toute l'Europe. Marie le rejoint de temps en temps en Allemagne et entretient avec lui une abondante correspondance ; elle s'y moque de la plupart des gens qu'elle fréquente et décrie leurs œuvres ; elle s'insurge aussi contre les liaisons, réelles ou supposées, du père de ses enfants. Elle commence à publier des articles dans *La Presse* et choisit le pseudonyme de Daniel Stern : « *Daniel*, c'était le nom que j'avais donné à l'un de mes enfants, le nom du prophète sauvé dans la fosse aux lions [...] *Daniel*... mais après ? je cherchais un nom allemand, me sentant Allemande... *Daniel Wahr* ; je voulais être vraie avant tout. *Daniel Stern*, j'aurais peut-être une étoile. *Daniel Stern* ! Le nom était trouvé. »

1844. Séparation définitive d'avec Franz Liszt après maintes tentatives de réconciliation et de nombreuses querelles. Ils ne se reverront plus que de loin en loin. « Mon amour avait été trop grand et, j'oserai le dire, trop pur en son exaltation romanesque pour que je consentisse jamais à le renier.

Plus il m'avait fait souffrir, plus il m'était entré avant dans l'âme. »

1846. Publication de *Nélida* (Paris, Amyot), l'unique roman que Marie d'Agoult a écrit et dont elle reconnaîtra plus tard les faiblesses.

1847. *Essai sur la liberté considérée comme principe et fin de l'activité humaine* (Paris, Amyot) : « Ce livre, écrit-elle dans l'avant-propos, [...] ne se propose que de résumer et d'éclaircir le travail intérieur qui s'est fait dans une intelligence longtemps incertaine, ballottée entre mille erreurs contradictoires, mais soutenue toujours par le désir de justice. » Le chapitre XV contient une solide remise en question des *a priori* concernant le rôle des femmes dans la société ; le plaidoyer pour le divorce mit son ami Félicité de Lamennais en colère.

1848. *Lettres républicaines* (Paris, Amyot).

1849. *Esquisses morales et politiques* (Paris, Pagnerre).

1851-1853. Publication de *Histoire de la Révolution de 1848* (Paris, G. Sandré, trois volumes). Pendant tout le second Empire, Marie d'Agoult réunit autour d'elle des amis et relations aux positions modérées ; elle fait de longs séjours en province et voyage beaucoup à l'étranger.

1856. *Trois journées de la vie de Marie Stuart, scènes historiques* (Paris, Pillet fils aîné).

1857. *Jeanne d'Arc, drame historique en cinq actes et en prose* (Paris, Michel Lévy). Mariage de sa fille Blandine avec l'avocat Émile Ollivier.

1862. Mort de Blandine qui a donné naissance à un fils. Publication de *Florence et Turin : études d'art et de politique, 1857-1861* (Paris, Michel Lévy). Le prince Napoléon est reçu dans le salon de Marie d'Agoult. Deux photos, l'une prise par Adam-Salomon en 1861, l'autre par Nadar en 1863, montrent une Marie d'Agoult moins idéalisée que dans les portraits peints.

1866. *Dante et Goethe, dialogues* (Paris, Didier). Relisant le journal qu'elle a tenu entre août 1838 et février 1839, Marie d'Agoult note : « Vingt-huit ans après ! Qu'a-t-il [Liszt] fait de ces vingt-huit années ? Et qu'en ai-je fait ? Il est l'abbé Liszt et je suis Daniel Stern ! et que de désespoirs, de morts, de larmes, de sanglots, de deuils entre nous ! »

1872. *Histoire des commencements de la République aux Pays-Bas* (Paris, Michel Lévy), ouvrage inspiré d'un voyage aux Pays-Bas et dont seul le premier tome est publié. Marie d'Agoult continue de publier de nombreux textes, nouvelles, proverbes, poèmes et réflexions dans la presse de l'époque (*La Liberté, Le Siècle, Le Temps*, la *Revue des Deux Mondes*).

1876. Mort de Marie d'Agoult à Paris, le 5 mars. Liszt écrit : « La mémoire que je garde à Mme d'A. est un secret de douleur ; je le confie à Dieu, le priant d'accorder paix et lumière à l'âme de la mère de mes enfants. »

1877. Publication posthume d'une partie des Mémoires que Marie d'Agoult a rédigés les dix dernières années de sa vie sous le titre *Mes Souvenirs*.

Repères bibliographiques

Œuvres de Marie d'Agoult

Correspondance générale, éd. Charles F. Dupêchez, Paris, Honoré Champion, 2003-2006 [édition en cours, 3 volumes parus].

Marie d'Agoult/George Sand, *Correspondance*, éd. Charles F. Dupêchez, Paris, Bartillat, 1995.

Franz Liszt/Marie d'Agoult, *Correspondance*, éd. Serge Gut et Jacqueline Bellas, Paris, Fayard, 2000.

Esquisses morales. Pensées, réflexions et maximes, Paris, L'Harmattan, « Les Introuvables », 2005.

Histoire de la Révolution de 1848, avant-propos de Dominique Desanti, Paris, Balland, 1985.

Mémoires, souvenirs et journaux de la comtesse d'Agoult, éd. Charles F. Dupêchez, Paris, Mercure de France, « Le Temps retrouvé », 2007 [l'ensemble comporte plusieurs inédits et constitue l'édition de référence].

Nélida, éd. Charles F. Dupêchez, Paris, Calmann-Lévy, 1987.

AGOULT, Charles, colonel comte d', *Mémoires*, éd. Chantal de Saint Priest d'Urgel, Paris, Mercure de France, 2001.

Ouvrages critiques

DESANTI, Dominique, *Daniel ou le Visage secret d'une comtesse romantique, Marie d'Agoult*, Paris, Stock, 1980.

DUPÊCHEZ, Charles-François, *Marie d'Agoult*, Paris, Perrin, 1989. [Cette biographie, illustrée, fait une large place aux documents d'archives.]

WALTON, Whitney, *Eve's Proud Descendants : Four Women Writers and Republican Politics in Nineteenth Century France*, Stanford University Press, 2000 [sur George Sand, Marie d'Agoult, Delphine de Girardin, Hortense Allart].

Composition Nord Compo
Impression Novoprint
à Barcelone, le 08 février 2009
Dépôt légal : février 2009

ISBN 978-2-07-035977-6./Imprimé en Espagne.

161567